# 眠れない夜は羊を探して

遠野海人
Kaito Tono

✦

nemurenai yoru ha
hitsuji wo sagashite

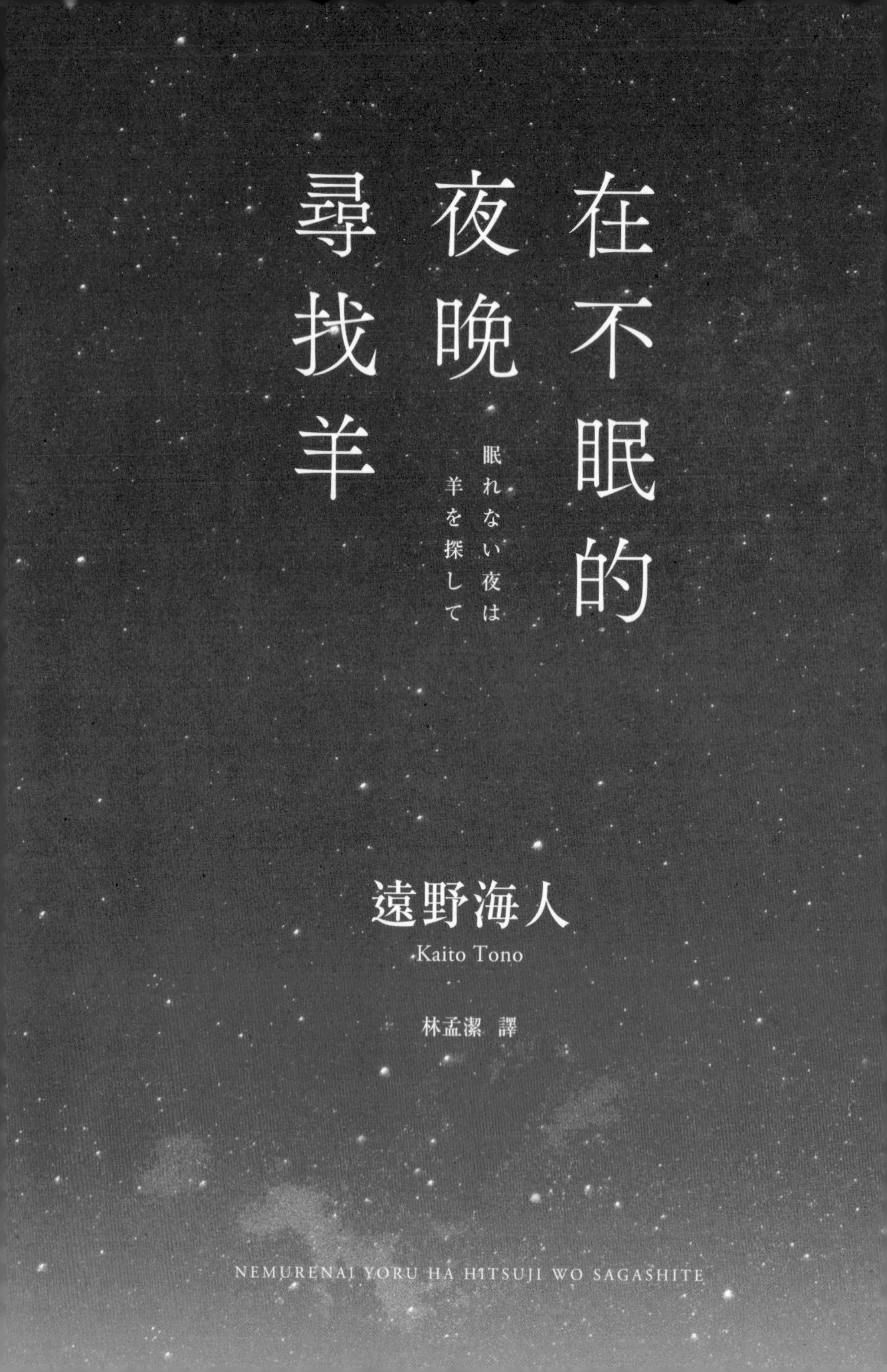

# 在不眠的夜晚尋找羊

眠れない夜は羊を探して

遠野海人
Kaito Tono

林孟潔 譯

NEMURENAI YORU HA HITSUJI WO SAGASHITE

# 目次

NEMURENAI YORU HA
HITSUJI WO SAGASHITE


呼出嚥不下的那口氣 009
追上初戀的那一天 027
去死吧，神明 047
在我殺了妳之前 065
當舞臺落幕時 081
出軌是死刑 103
鏡中的倒影 113
因爲你很軟弱 127
抱歉給各位添麻煩了 147
能對話卻無法溝通 163
撕下自己的臉 173
希望破滅的那一晚 195
作業：請寫下你未來的夢想 215
在我殺了你之前 223
在透明人消失之前 239

第一次有輕生的念頭是在晚上，希望某人去死也是在晚上。

只要在這晚結束前找到黑色的羊，就能殺死那傢伙了。

在昏暗的房間裡閉著眼睛也是浪費時間，在眼瞼後方翻騰的不安與後悔，徹底驅散了睡意。

我伸手拿起手機。

在漫長的夜晚結束之前，我決定玩ＡＰＰ消磨時間。如此一來，白天不曾浮現在腦海中的思緒，也會伴隨著黑暗的夜幕悄然而至。

今天我也目不轉睛地看著這個據說能殺人的ＡＰＰ。

占卜ＡＰＰ「孤獨的羊」，特色是二頭身的羊。

設計成Ｑ版的可愛短胖四肢，配上毛茸茸的體毛，卻只有眼睛莫名寫實，讓人印象深刻。

聽說在陸續通過的羊群中找到黑羊就能實現願望。五彩繽紛的羊在螢幕上依序出現又消失，卻怎麼也找不到黑色的羊。

要是再等一分鐘還沒找到，就把這一切都忘了吧。

刪除ＡＰＰ，緊緊閉上雙眼，祈禱能度過這漫漫長夜。這樣一定能將不安、後悔，甚至是深藏心底的殺意再次淡忘。

然而，黑羊在螢幕上出現了。
彷彿有股力量牽引我用指尖觸碰黑羊。
這隻黑羊會將我心中的殺意化為現實——我有這種預感。

# 呼出嚥不下的那口氣

rule enter delete

NEMURENAI YORU HA
HITSUJI WO SAGASHITE

如果光靠恨意就能殺人，那些傢伙應該死好幾十次了。

但現實沒這麼簡單，殺人需要武器，不能只憑意念。

我在廁所地板上縮著身子，在心中拚命祈禱「真想要一把槍」。除此之外，我不知道還有哪些能讓所有人都平等的東西。

這當然只是不切實際的妄想。

但如果我手上有槍，就再也不必害怕來自他人的暴力了。

「這小子就算把他往死裡打都不會被發現，因為他絕對不會告訴別人。不會開口的人，就跟不存在沒兩樣。」

比起被踹踢的疼痛，他們笑著說出的這些嘲諷更讓我痛苦。

小學時，有人說我的聲音很奇怪。

在一場無心的閒聊中，有個同學對我這麼說。

那一刻他應該沒有惡意，隔天可能也忘得一乾二淨，但這件事至今仍深深烙印在我心上。

當天一回到家，我就馬上錄下自己的聲音，卻聽見讓人起雞皮疙瘩的噁心聲音，跟自己想像中明顯不同。

自那天起，我就不喜歡出聲，後來也會盡可能避免開口。我不想聽到這麼噁心

的聲音，也不想被別人聽見。

但偶爾還是有非得開口的時候，比如上課被老師點名回答。

我只能壓抑羞恥感努力發出聲音。可能是因為我的聲音很小聽不清楚，每當我開口，教室就會傳出笑聲。不是放聲大笑，是努力憋住的嘲笑聲，我都聽得一清二楚。

被嘲笑是一件很痛苦的事，我覺得很丟臉，越來越抬不起頭。

極力避免開口說話的我顯得格格不入，雖然不知道是不是這個原因使然，但有些同學開始對我施暴。

不管發生什麼事，我都不會出聲，可說是最適合的沙包人選。從客觀角度來看，我自己也有同感。

主要有兩個人會傷害我。

但包含老師在內，周遭那些不出面制止的人也不算是我的同伴。

「不想跟別人說話，又沒什麼大不了。」

我在學校唯一能說話的對象是保健室的芳村老師，因為他願意理解我不想出聲的要求。

「所以，要是你因此受了什麼委屈，也只是運氣不好而已。你身邊沒什麼好人。」

不管我身上有多少傷，芳村老師都會幫我消毒，也不會過問。

他可能有察覺到某些端倪，但當我在紙上寫下「拜託不要告訴爸媽跟其他老師」的要求，他就真的守口如瓶，真是個奇怪的老師。

「你不還手嗎？」

我搖搖頭表示「沒辦法」，芳村老師一臉不解地問：

「為什麼？欺負你的那些人只是普通的國一生，你跟他們同年，條件相同啊。」

老師可以說這種話嗎？我聽得有些忐忑。

「只要放手一試，原本以為做不到的事說不定會成功喔，勸你不要一口咬定自己辦不到。」

芳村老師帶著微笑這麼說。

入夜後，我用棉被裹住布滿瘀青的身體。

就算逃離學校回到房間，太陽下山後，怒氣與恨意仍會燒灼我的傷口。

我在腦海中復仇了無數次，但沒有一次化作現實，只是單純的妄想。

其實我很想還手。

但我沒打過架，甚至沒揍過人，身形也乾扁瘦弱。另一方面，對方不但人數占

上風，體格又壯碩，要動拳腳我根本沒有勝算。

如果要對那些人復仇，我需要更具壓倒性的武器，能讓所有人都平等的那種壓倒性威力。

我覺得就是槍吧。

只要有槍在手，小孩也能輕鬆擊殺身體鍛鍊過的大人。在槍面前，對手的體格和人數都不成問題，壓倒性的魅力讓我十分憧憬。

但這也只是不切實際的妄想之一，畢竟我不可能拿到槍枝。

我在被痛苦與仇恨折磨的難眠之夜想著這些事，也知道一切只是徒勞，所以努力忽視自己的情緒。

我躺在床上將手伸向手機。

我不想跟別人說話，一整天絕大多數的時間都是滑手機度過的。這樣不必對話也不用出聲，讓我樂得輕鬆。

比如這個占卜APP「孤獨的羊」，會有二頭身的羊像吉祥物一樣登場，替使用者預測運勢。

填完出生年月日和血型等初期設定後，只要每天點擊APP內出現的羊，就會免費提供占卜。也可以欣賞五彩繽紛的羊群擠滿畫面的樣子，算是小彩蛋。

如果只是要確認占卜結果，每天只要打開一下下就好，但我今天卻一直盯著羊

群穿梭的畫面看，可能是因為身上的挫傷很痛吧。

我也想過要不要找老師、校方或爸媽商量，最後還是放棄了。霸凌的解決方法並不多。若把事實說出來，父母親應該會相信自己，老師或校方會不會老實承認就不得而知了。想盡辦法逼他們承認，讓加害者被警方逮捕這種事，應該不會發生吧。

更實際的解決方案大概只有轉學一途，我也覺得這是最完美的方式。雖然討厭的東西無法消失，但可以讓自己遠離他們。

但我認為只有逃跑這個選項太不公平了，我無法接受。

加害者得不到報應，不知道自己犯了什麼錯，舒舒服服地過日子。那些傢伙一定會看著流行影片哈哈大笑，被無聊的電影搞得哭哭啼啼，每天還能安穩入睡。聊聊將來的夢想，對未來懷抱希望，將自己做過的事用一句「年少輕狂」隨便帶過，就這樣長大成人。

絕對不能容許這種事。

我不想逃跑。

但不逃也很痛苦。

時間一分一秒流逝，我依舊不知所措。

夜漸漸深了。

我睡不著，卻又沒辦法做其他事排解煩悶。

我茫然地看著ＡＰＰ畫面，以往從未見過的黑羊卻忽然現身。點擊那隻第一次見到的羊後，畫面上出現「黑羊將實現您的願望」這行字，還有一個文字輸入欄。

我不知道這個ＡＰＰ還有這種功能。

雖然不認為ＡＰＰ真的能實現我的願望，但只是寫下來的話，或許也能當成慰藉。既然什麼都能實現——我帶著半放棄的心情動動手指。

我想要一把槍。

輸入這幾個字後，我關掉ＡＰＰ閉上雙眼。

但最後我依舊輾轉難眠，始終沒有那種天色終於破曉的感覺。

三天後的星期一早上，我收到來自占卜ＡＰＰ的通知。

今天開始又得去上學了。

在如此憂鬱的早晨伊始，占卜ＡＰＰ「孤獨的羊」傳來通知。

我本想忽略，卻被螢幕上顯示的一行字吸引目光。

「黑羊已經完成您的心願。」

看到這句簡潔的通知文字，我急忙打開ＡＰＰ。

畫面上出現一隻抱著星星的Ｑ版黑羊。

點擊星星後，畫面顯示出地圖，指定位置是離家不遠的一座河堤。現在出發的話，應該能在上學前繞過去一趟吧。

我開著ＡＰＰ，心中有些猶豫。

太離譜了，怎麼能相信這種事呢。若只是單純白費時間或力氣還算好，卻也可能會遭遇危險。

最後我還是選擇相信，雖然知道是在逃避現實，但如今我也沒有其他依靠了。

我迅速做好準備，在比平常早的時間走出家門。走著走著，我漸漸無法按捺高漲的情緒，回過神才發現已經跑起來了。

我氣喘吁吁地來到河堤。

或許是因為一大清早，這裡杳無人煙，只感受到自己紊亂的呼吸和滿身大汗，相當不舒服。

我用ＡＰＰ不斷確認位置，小心翼翼觀察四周。

隨後我發現地面只有某部分的顏色不一樣，看起來像最近才被某人挖過埋了東西。

我彷彿受衝動驅使，用雙手刨挖地面。

如果埋得很深，我說不定會放棄，但才挖了一會，手指就碰到跟土截然不同的觸感。於是我用力一拉，發現是個塑膠袋。

我宛如撲向聖誕禮物的孩子般粗魯地拆開塑膠袋。

裡面真的有一把槍。

只有掌心大小的那把槍，在清晨的日光下散發著充滿魅力的光芒。

我對槍的種類並不了解，但這種漆黑沉重的觸感，讓我感受到其中隱藏了強烈的暴力，跟普通玩具明顯不同。

我小心翼翼將槍舉向地面並扣下扳機。

隨後傳來一股震耳欲聾的彈射聲，地面也凹了個洞。

反作用力讓我一屁股跌坐在地。

衝擊從骨頭一路傳遞，彷彿連內臟都在震動的觸感，把我嚇得近乎失神，全身立刻爆出汗水。

我急忙起身躲到橋下。

這應該不是真正的槍，但感覺也不是空氣槍，明顯是為了傷人而準備的武器，或許是所謂的「改造槍」吧。

我意識到這一點，不斷深呼吸，努力將思緒彙整。

占卜ＡＰＰ「孤獨的羊」讓我遇見了這把槍，這點無庸置疑。

這把改造槍是某人實際做出來的，還埋在這種地方，或許是受到那個占卜ＡＰＰ的指引。

我現在確實握著這把槍，這才是重點，之後的事根本無所謂。

有這把槍就公平了。

無論是何等暴力都能與之抗衡。

於是我將槍悄悄收進書包。

腳步好輕盈。

好久沒用這種心情上學了。

今天不管發生什麼事，用這把槍都能解決。

像電影那樣射穿頭部有點不切實際，但只要身上某處中彈就會很痛吧。我要讓那幾個傢伙知道，每個人受到攻擊都會痛。

可以在教室一看到他們就開槍，也可以毫無預警擊殺，他們在吃飯或去廁所的時間點也不錯。我根本不在乎旁邊有沒有其他人。

因為我被施暴的時候，這些人都漠不關心。

看到有人被擊殺，他們一定也毫不在乎，否則太不公平了。人都是從眾的。

不管大人小孩、優等生還是劣等生都一樣。

不把法律、校規，甚至道德都不當一回事的人，一樣有從眾心理。表現得格格不入的那些人可以隨意迫害，也可以選擇忽視。

過去我沒有方法抵抗這些人，但現在不一樣了。

舉起槍，扣下扳機。

只要有這一點點時間，我就能對這個環境報一箭之仇。

但我也不想用卑劣的手段。

如果對方有一點悔意，發誓再也不會靠近我的話，我也不會刻意出手。

槍終究只是自我防衛的武器。

我拿這把武器不是為了加害於人。

下次那些人對我施暴的時候。

那一刻就堂堂正正地用槍回擊吧。

明明已經下定決心；但我等了又等，偏偏對方就是毫無反應。

這時我才深切地體悟到。

對那些傢伙來說，對我施暴只是打發時間的手段之一，不是最優先事項，也不是最急迫的要緊事。如果傳閱的漫畫雜誌很有趣，他們就會聊得起勁，在網路上發現有趣的文章也會跑去看。

但只要覺得不爽，或單純感到無聊時，就會把不滿的矛頭指向我，就這麼簡單。

今天的話就是體育課。

足球比賽的等候時間很長，因為學校的小操場一次只能進行一場比賽。

其他隊伍比賽期間，閒得發慌的兩個加害者將我拖到校舍後方，像平常那樣用玩遊戲的感覺揍我，還訂下「誰能讓我喊出好笑的慘叫聲就贏了」這種莫名其妙的規則輪流打我。

被揍的時候，為了分散思緒，我滿腦子想的都是那把槍。

如果是在教室被打，我就能馬上拿出那把槍了，就算有可能會被拖到其他地方，也可以把槍帶在身上。

但體育課就沒辦法了，畢竟槍現在也收在書包裡。

熬過這頓毒打後，我就要狠狠報復他們。

這個想法是此刻唯一的慰藉。

但無論再怎麼忍，疼痛依舊有上限。我因為敗給疼痛哭了出來，流出的眼淚和嗚咽聲完全不受我的控制。

「有點打過頭了。雖然這小子不會說出去，還是有可能穿幫。」

他們用帶著嗜虐的嗓音不懷好意地笑道。

「那就沒辦法了。過來吧，我們幫你擦藥。」

這話當然不是字面上的意思，明知如此，我還是被他們從兩側架著拖進校舍。保健室明明在一樓，我卻跟他們一起走上樓梯。

我想像自己接下來會有什麼下場。為了用意外結案，我應該會被推下樓梯吧，有夠悽慘。

在下一次暴力來臨前這段短短的時間，我為自己不果決的態度十分後悔。

如果沒有那些冠冕堂皇的理由，像以前妄想過無數次那樣直接掏槍就好了，這樣一定不會落得如此狼狽。

我卻沒這麼做。

對用槍這件事感到遲疑。

老實說，我一直很害怕。

腦海中上演過無數次可怕的想法和殘酷的妄想，我卻沒有勇氣付諸實行，結果便是如此。

我始終不想像個被害者逃之夭夭，也不想像個加害者動手殺人，才會像這樣單方面被踐踏。

這樣不會改變任何事。

跟沒拿到槍的時候一模一樣。

光用詛咒無法殺害他們，但拿到武器照樣殺不了人。

我也一樣有從眾心理。

因為跟旁人格格不入，被虐待也無可厚非。找人求救可能會變得更慘，所以應該咬牙忍耐。

我被這種氛圍影響，至今從未認真反抗。

真正應該用槍擊潰的敵人，是這種彷彿無形空氣的潛規則。

所以我下定決心。

我忽然抓住其中一個加害者。

開槍吧。

雖然身邊沒有真槍，扣下扳機的心情驅動了我的身體。

這些傢伙應該也很意外吧。

想不到過去毫無抵抗的我會迎面反擊。

我還以為對方會文風不動，他卻不敵手無縛雞之力的我，身體往後退了幾步。

他可能想站穩腳步，後方卻已經沒有地面了。

他們在樓梯上踩空一起滾了下去。

當然，我也一樣。

我分不清上下方向，全身受到強烈的撞擊。

這股劇痛讓我發現到一件事。

就算不用武器，也能讓對方感受到這種痛楚。雖然自己也受到一定程度的傷害，疼痛感卻比單方面挨揍減少許多。

這次反而是其他部位的痛楚更勝以往。

抓著對方的手好痛，急速跳動的心臟也好痛，緊張和興奮讓我喘不過氣。

對人施暴原來是這麼不舒服的一件事。

這些人卻感到樂此不疲，腦子果然有病。

我的腦子也不太正常，才會想得到一把槍。

接下來的事轉瞬即逝。

我們三個從樓梯上摔下來，本來要被當成「大打一架」隨便處理掉。

但我的手骨折，那兩個人腳也骨折了，要是不把我們打成這樣的原因釐清，雙方的監護人都無法接受。

因此我被施暴這件事才終於曝光。惡行當然沒辦法全數證實，但已經足夠了。

那些傢伙的父母分別帶著他們來我家謝罪，雖然沒辦法就此諒解，但至少比被人漠視好多了。他們的個性頑劣，幸好父母還有點良知。

結果他們轉學了。

我也在骨折尚未痊癒之前轉學了。
不論真相如何，我確實把人推下樓梯。
做為當時的加害者，我接受懲罰離開這裡，這對我來說也算是滿意的結果。
順帶一提，我把沒用過的槍重新埋回原本的河堤了。查了之後才發現，光是持有改造槍枝也會觸法，現在真慶幸當時沒開槍。
但向APP求助後拿到槍這件事，我並不後悔。
因為持過槍枝，我才明白自己根本不需要。早晨來臨後，我才發現晚上想的那些事都是錯的。
在這間學校的最後一天，我去了保健室一趟。
「這樣啊，你要轉學了。希望搬過去的那個地方會是你的安身之處。」
芳村老師的反應很平淡，但也因為這樣，他才是我在這個城鎮唯一能溝通的貴人。
我懷著感謝的心情向他鞠躬。
思考了一會後，我決定開口。
我將凝滯的空氣從肺部吐出，緩緩說道：
「——再見。」
「嗯，再見。對了，我覺得你的聲音很好聽啊。」

芳村老師在道別後又補了這麼一句。
於是我邁向嶄新的城鎮。
但願我在未來的日子裡不會再渴望槍枝了。

# 追上初戀的那一天

rule

enter

delete

NEMURENAI YORU HA
HITSUJI WO SAGASHITE

討厭一個人到浮現殺意的地步需要一點時間，但喜歡一個人到想死的地步卻不必花太多時間。

要從什麼特徵喜歡上一個人呢？我是從嗓音愛上初戀的。

我小時候學過鋼琴。有位比媽媽年長幾歲的女性在自家授課，我每週會去那裡上一次鋼琴課。

當時我還是小學生，都是跟我差很多歲的姊姊送我上下課，但那天因為姊姊有事，來接我的時間比平常還要晚。

下一堂課的學生已經到鋼琴教室了，但老師可能也不好意思讓我一個人待著，所以把在其他房間的兒子叫出來陪我。

當時還是高中生的他，聽到母親突如其來的要求便走出房間。

那時我不太擅長和男生相處，所以我記得這個身材高眺的男生忽然出現時，我表現得非常緊張。

他似乎也在思考如何跟我相處，視線游移不定，但還是先從自我介紹開始。

「妳好，呃，我叫鵜飼雅春。」

我覺得他的聲音好好聽。

溫柔又甜美的嗓音甚至讓我脊梁發顫，跟爸爸那種小到聽不清楚的低沉嗓音不同，也不是學校老師那種充滿壓迫感的剛硬聲嗓。

世上居然有聲音如此動聽的男人，讓年幼的我飽受衝擊。

雖然算不上一見鍾情，但這時我早已半沉浸在初戀的甜蜜當中。

「要不要玩撲克牌？」

老師家有三個兒子，每個人名字都有一個「雅」字。

所以他們在家喊人時似乎會抽掉「雅」字，他的話是被稱作「阿春」。

之後我只要去鋼琴教室，在姊姊來接我的那段短暫空檔，我都會跟阿春玩在一塊。

阿春跟我玩撲克牌時，偶爾會用溫柔的嗓音問我「在學校做了什麼」或是「妳喜歡鋼琴嗎」。

我也問了阿春好多問題，對他越來越了解。

他不擅長運動，喜歡看科幻小說，將來想當譯者。

過了好幾年，我們的感情就這樣慢慢融洽起來。

彼此喜歡的東西、不擅長的領域、覺得美麗的事物。

就像將對方心裡的抽屜一個個仔細打開那樣，我慢慢了解阿春，阿春也在了解我。

我長大後就不再去鋼琴教室，但還是會跟阿春繼續交流。

小說讓我跟阿春有了交集。

以前我是不怎麼看書的小孩，卻想讓自己也喜歡上心儀對象的興趣，這股執念讓我讀了好多好多小說。

認識阿春以後，我真的好幸福。

我會想像自己將來和阿春變成戀人，卻不認為這是不切實際的空想。

直到姊姊開始和阿春交往的那一天。

「抱歉，讓妳幫了這麼多忙。」

「不會，只是順便而已。」

已經十五歲的我，還是會來阿春房間借還書，分享彼此的讀書心得，但最近幫他整理房間的時間變多了。

阿春的房間總是堆滿大量的書，數量只增不減。

但這些書現在幾乎都被收進地板上的紙箱裡，書櫃出現了好幾處空位，看著有些寂寞。

「畢竟沒辦法全部帶走，我本來想精選幾本，但實在沒什麼進度。其他私人物品明明馬上就能打包好，很奇怪吧？」

阿春笑著帶過這個話題，但我完全笑不出來。

一個月後，阿春就要搬出這個家和姊姊一起住，展開以結婚為前提的同居生活。我還沒辦法接受這件事。

自己說這種話有點奇怪，但我年紀雖小，卻能冷靜看待現實。

證據就是，我欣然接受了自己跟阿春之間的八歲差距。

要達到「年齡不是問題」這個階段似乎需要一點時間。打個比方，五十歲和四十歲的戀愛不是問題，但二十三歲和十五歲就是大問題了。理由很簡單，因為是社會人士和國中生，也可以說是成年和未成年。

而且還是大人和小孩。

但只要我二十歲以後，不管我跟他差幾歲都不成問題吧。

所以在這之前，不管阿春要跟誰戀愛，我都坦然接受。

畢竟他這麼有魅力，想接近他的女性也很多吧，有時可能會鬼迷心竅跟奇怪的女人交往。我連他早早結婚這種最糟的可能性都想過了。

如果他會跟好幾個女性戀愛，離婚好幾次，最後還是願意跟我白頭偕老的話，就算是完美結局了。戀愛並不是先搶先贏。

所以三年前得知姊姊跟阿春開始交往後，我也沒有絲毫動搖，而是冷靜接受這個難以置信的事實。

我當然對姊姊大發脾氣，焦躁地用枕頭扔她。輾轉難眠、皮膚出狀況，還冒了

好幾顆青春痘。

但我用「還在預料範圍之內」這個理由說服自己。現在想想，我當時才剛上國中，心態還真是成熟。

我茫然無措，認為心思纖細的阿春和粗線條的姊姊不可能長久。

但現實卻違背我的猜想，兩人交往得十分順利。結果現在出社會的阿春適應新生活後，他們終於走到結婚這一步。

我實在不能坐視不管。

我確實說過他和誰結婚都無所謂，但唯獨姊姊絕對不行。

假設阿春將來和姊姊離婚，和我再婚的可能性也趨近於零。雖然和前妻的姊妹再婚在制度上不成問題，但也得顧及世人觀感，跟親戚來往也會很尷尬。我不認為阿春會作出這種選擇。

可能會讓我長年描繪的未來藍圖徹底瓦解的唯一存在——

就是姊姊。

可我依舊束手無策，下個月就要舉行結婚典禮了。

「還好有找加奈惠商量，我一個人應該會永遠被困在書山裡吧。能和我暢聊興趣的人只有加奈惠。」

畢竟讓我愛上閱讀的人就是阿春，聊得來是正常的。

但聽到這種話，我還是開心得不得了。

「家裡都是男孩子，我又是老么，所以我從以前就在想，如果有加奈惠這種妹妹就好了。」

他把我當成妹妹，我也心甘情願，因為這代表我跟他的距離就像家人那麼親近。

「結果妳真的變成我的小姨子，人生真的很奇妙呢，充滿戲劇性。」

阿春一定不知道這句話傷我多深吧，他不知道也好。

但我真的不想喊你「姊夫」，這輩子都不想，死也不願意。

「你這次借我的書也很有趣呢。」

我有些強硬地轉移話題。

聽到自己選的書被稱讚，阿春露出溫柔的笑靨。

「啊，果然沒錯，希美也說她喜歡那本書。」

我眼前因為這句絕望的話語變得漆黑一片。難得的兩人獨處時間，我實在不想談姊的話題，但我還是得確認這件事。

「我不知道姊會看書耶。」

「啊，她不是直接看原作，是看翻拍電影。希美不看紙本書啦，好像一看就會想睡覺。」

阿春沒有惡意，但我最討厭被拿來和姊姊比較。

姊姊不在現場，卻依然是我和阿春的電燈泡，讓我心裡十分不悅。

「喂～還要很久嗎？」

這時，姊姊希美直接闖進阿春的房間。

「嗯～快好了吧。」

「真是的，所以我才叫你把書整理整理拿去賣嘛，又沒地方放。」

我跟姊姊是相差十歲的姊妹，過去從來沒吵過架。年紀差這麼多，不管我多生氣都吵不起來。因為我的力氣跟口才絕對贏不過她，以前我只能忍氣吞聲。

我不想跟姊姊鬧翻，畢竟都在同一個家生活，坐在一起吃早餐，平常也會聊上幾句，但我從以前對她的印象就不太好。

姊姊神經很大條，蠻橫不講理，永遠堅持自己的想法才是對的。

如果是姊姊的東西，那她要怎麼處置都行，但她居然把阿春看重的事物也當成自己的東西，態度十分狂妄。

氣憤的我還來不及頂撞，阿春就溫柔答道：

「沒關係，我已經決定要帶哪些書過去了。我會請加奈惠帶走幾本，剩下的會處理掉。」

「那就好。那我去下面等你，限你五分鐘以內下來喔。」

姊姊丟下這句話就出去了，這個人連腳步聲都那麼刺耳。

阿春轉頭看著我說：

「明天我會拿去賣掉，如果這個房間裡有妳想要的東西，不要客氣儘管說喔。」

那——我想要的是你，從很久以前就很想要了。

打從一開始，借還書就只是個藉口。一般人應該會發現這一點，但單純的阿春直到最後都沒察覺到我的心意。

我將說不出口的心思吞下肚，看著阿春變得空蕩蕩的房間。

我從以前就不太喜歡姊姊，卻也不到討厭的程度。

雖然不至於到詛咒她不幸的程度，但我希望她不要離我太近。我總祈禱她能到某個遙遠的陌生土地上，跟我不認識的人幸福地過日子。

但現在不一樣。

我無法壓抑對姊姊的敵意。

真希望她消失不見。

過去我對姊姊產生過這種念頭無數次。

回想起來，姊姊從小時候就很狡猾。明明個性粗心，成績也不好，腦袋卻精明得很，老是搶走我最重要的東西。

因為姊姊忽然發燒，爸媽沒來看我的成果發表會。

只因為「年紀比較大」這個理由，姊姊每年都能拿到比較多壓歲錢。以前我都沒發現到，連這些枝微末節的小事都讓我厭煩至極。

太不公平了，我心中滿是憎恨。

雖然我總是忍氣吞聲，但已經瀕臨極限了。

最近在學校裡蔚為話題的占卜APP「孤獨的羊」有個奇妙的傳聞。

這個APP平常只會提供十分準確的占卜，但只要跟出現機率極低的黑羊許願，似乎就能得到任何東西，哪怕是武器、毒藥還是更危險的東西。

我希望姊姊消失。

卻一點辦法也沒有。

如果我做了什麼危害姊姊的事，阿春也會很傷心吧，所以我想偷偷地讓姊姊消失。

我在平常只會打開幾分鐘的「孤獨的羊」裡尋找黑羊。「孤獨的羊」會有五顏六色的羊出現在畫面當中，各自提供不同的占卜。

比如粉紅色的羊就是戀愛方面，我通常都會選這個顏色的羊。因為我曾在APP顯示的幸運地點跟阿春偶遇過，所以我很信任這個占卜，每天都會打開APP。

但是我從來沒看過黑色的羊，感覺這個傳聞缺乏可信度。

可我現在的心情卻連這種傳聞都想依靠了。

我躺在床上，盯著APP尋找黑羊。

反正我煩得睡不著覺，就這樣找到天亮也無所謂，因此我打算在手機沒電之前努力尋找黑羊。

當夜色漸深之時。

一身黑色絨毛的羊忽然從畫面邊緣出現了。

我立刻點擊那隻羊，就跳出輸入願望的頁面。

願望我早就決定好了，便立刻往APP輸入「給我毒藥」這幾個字。

將這個充滿怨念的心願送出後，我從床上起身。不知不覺夜色即將沒入盡頭，窗外已經呈現淡淡魚肚白，太陽也緩緩升起了。看著這片晨曦，我忽然感到恐懼。

確切想要毒藥的心情，跟「真的拿到毒藥後該怎麼辦」的不安混雜在一塊，到頭來我還是失眠了。

兩天後，我收到來自APP的通知。

「黑羊已經完成您的心願。」

我依循收到的占卜內容，前往標示為幸運地點的車站投幣式置物櫃。我對傳聞已經沒有半點疑心，但到了這個節骨眼還是有些懼怕。期待與不安逐漸攀升，我的指尖也越來越冰冷。

指定的自動販賣機下藏著一把鑰匙，用鑰匙打開置物櫃後，裡面只放了一個小瓶子。

小瓶子的顏色讓人毛骨悚然，光看外表就知道這是毒藥，說服力十足。

我擔心被人看見，便用雙手藏著逃回家中。

爸媽跟姊姊都不在，我在獨自一人的客廳中再次看向小瓶子。

我試著打開瓶蓋，但一點味道也沒有，這樣混在飲料裡也不會被發現吧。

用了這瓶毒藥，我的願望應該就能實現。

這時忽然傳來玄關門打開的聲音，我連忙將小瓶子藏進口袋。

「嗚啊～累死我了～」

隨著一陣腳步聲，姊姊走進客廳。

「搬家前的準備怎麼這麼麻煩啊，我已經滿身大汗了。」

其實我一點興趣都沒有，但她都這樣跟我搭話了，我也只能陪她聊天。

「今天做了哪些準備？」

「挑了家具和家電。明明很多東西都得買齊，卻因為阿春優柔寡斷花了一堆時

間。不覺得沙發隨便挑個顏色就行了嗎？」
姊姊每說一句話，淤積在我心底的情緒就開始蠢動。
讓我的殺意越來越堅決。
但我沒有將這種情緒表現出來，還是過一會再讓這股潛藏的情緒爆發吧。
「妳流了一身汗吧，先去沖澡吧。」
「嗯，好啊。」
姊姊完全沒察覺我的心情，悠悠哉哉地走向浴室。
直接和姊姊對話後，心中的迷茫又消失了一些。
就算以後會結婚，我也不容許她說阿春的壞話。如果這是證明親密程度的行為，那就更不應該了。
只要在姊姊洗完澡後習慣喝的酒裡面下毒就不會被發現吧，讓她吃點苦頭也好。
我拿出姊姊喜歡的罐裝水果氣泡酒，倒進裝了冰塊的杯子裡。從杯底源源不絕往上湧的碳酸氣泡跳個不停，我將瓶子裡的毒藥倒了一半進去，無色透明的液體轉眼間就融入其中難以辨別了。
此時，玄關門再次被打開。
我心生警戒，以為是爸媽回來了，沒想到進門的人是阿春。
「我回來了。」

姊姊和阿春訂婚之後的唯一好處，就是阿春來家裡的時候會有點害羞地說「我回來了」。

但我跟阿春交往後應該也會有同樣的結果，所以我對姊姊沒有半分感激。

「你回來啦。」

「咦，希美還沒回來嗎？」

「她正在沖澡。」

「這樣啊，天氣很熱嘛，又花了不少時間。」

阿春不太能喝酒，應該不會誤喝毒藥。

我原本是這麼想的，所以當阿春毫不猶豫地將手伸向杯子時，我因為驚嚇導致慢了一步。

我急忙用雙手壓住阿春握著的杯子上方。

「這、這是酒耶。」

我想冷靜，聲音中還是透出一絲動搖。

我擔心阿春會懷疑我，他卻露出平常那副溫柔的面孔。

「我知道呀，但我偶爾也會喝。」

「那我倒一杯新的給你，這杯是姊的。」

「希美不會介意吧。」

姊姊確實是不拘小節的人，自己的飲料少一口也無所謂。

但不出手阻止阿春就會喝到毒藥了，那可不行。

「加奈惠，妳最近是不是有心事？臉色不太好耶。」

阿春握著杯子這麼說。

當面聊這些話感覺會暴露自己的心意，我很想逃離現場。

但我現在逃走，毒藥就會要了阿春的命。我跟阿春之間隔著一個杯子，渾身無法動彈。

我當然有心事。既然他想聽我的真心話，我也可以把話說清楚。

「我……」

我不能接受你跟姊姊結婚。

為什麼你選的不是我，而是那種女人？

為什麼不能是我呢？

明明是我更喜歡你。

只因為姊姊比我早出生，我就樣樣贏不了她。

你為什麼不等我長大？

你為什麼不晚一點出生？

腦海中浮現出好幾句想說的話，但一點意義也沒有，讓我焦急萬分。

最後我還是斟酌言詞，將心底的鬱悶傾吐而出。

「因為跟姊結婚以後，阿春就得拋棄最喜歡的書本，我不能接受。」

「這樣啊，真對不起。因為加奈惠很喜歡書，感覺這麼做對書很隨便，妳心情一定很差吧。」

都說到這個份上了，阿春還是沒發現我的心意。但連這種地方都讓我覺得無比可愛。

「我不會因此而討厭書，但該怎麼說呢，我也得到了其他重要的事物。」

阿春「嗯～」了一聲，彷彿在揀選詞彙般語氣慎重地說：

「我因為希美而改變，我想希美也跟過去不太一樣了。『在一起』的意義不只是戶籍或住址合併，而是更抽象的感覺。喜歡上某個人，就像過去的自己死後蛻變重生的感覺。」

他用我在這世上最愛的嗓音，說出我在這世上最不想聽見的話。

我不知道現在該笑還是該哭，緊緊咬著下唇。

我真的不覺得自己贏不過姊姊。

以前從來沒這樣想過，往後肯定也不會吧。

如今我依然認為，阿春選擇姊姊是他人生中最大的敗筆。

但如果姊姊死了，阿春一定很難過。

那他就再也不會像這樣用甜美溫柔的嗓音對我微笑了。

我發現自己不希望這種事發生。

「我認為書之後是去旅行了。」

「旅行？」

「嗯。就算想看自己出生前出版的絕版書，平常也買不到吧？但因為有人願意釋出曾經珍惜過的書，才能透過二手書店來到想讀的人手上。我覺得這是一件很棒的事。」

我果然很喜歡這個人。

溫柔的嗓音、美麗的指尖、挑選的詞彙、想法及感性。

一切都是如此柔軟可愛。

所以我才希望阿春能永遠面帶笑容。

只要最愛的你能夠幸福，我不幸福也無所謂。

此刻我終於能下定決心了。

但眼淚還是差點奪眶而出。

「咦？你們兩個在幹嘛？」

姊姊正好在這個時機出現，她只用浴巾裹住全裸的身體，簡直邋遢到極點。姊姊如此有失體統的模樣，分散了阿春的注意力。

我趁機將杯子搶回懷中，杯中液體也跟著濺灑而出，淋濕了我的身體。
但這樣應該連眼淚都能蒙混過去了。
姊姊跟阿春一臉驚訝，我也成功勾起笑容。
散發著甜美香氣的酒水，吸收了我的體溫後緩緩流淌而下。
希望混在裡面的毒藥可以扼殺我的戀慕。
我如此期盼。

# 去死吧，神明

rule enter delete

NEMURENAI YORU HA
HITSUJI WO SAGASHITE

機器一定不會希望某人去死吧。

所以我回到家後，都會把自己的心靈和身體分離。訣竅就是把自己當成機器人。對拋來的每句話給出有效率的回答，迅速將被要求的必要工作完成。

就算被無禮謾罵，也只是機器人被否定而已，不必傷害我自己。

祖母雖然身體不健康，一張嘴倒是動得勤快。買食物回來會嫌棄我偷懶，做飯給她又會罵調味太重。要洗髒衣服時說洗衣機太吵了，又不准我帶去投幣式洗衣機洗。

所以我在家裡生活總是屏著氣息。打掃、洗碗、洗澡、讀書、著裝，都極力避免發出聲音。

但祖母依舊不滿意。

祖母的不滿雖然很多元，但都用同一句話作結。

「妳想殺了我嗎？」

祖母每次都掛在嘴邊的這句話，我也不必在乎。因為被攻擊的是我驅動的機器人，並非我本身。所以我可以馬上抱歉地說「對不起」。

起初我會將祖母說的話照單全收，但有時我發現自己竟把祖母當成能溝通的對

象，就會悲從中來。

只要把對方當成神明就好了，哪怕她再任性，只要當成難以理解的存在就能放棄抵抗。因為我同樣把她視為人類，期待能透過溝通解決，才會悲從中來。

我操作機器人照顧神明。這種非現實到極點的設定，就像三流喜劇一樣。

但偶爾還是有想哭的時候。

不管是哪種喜劇，只要沒劃下句點，就只有苦痛可言。

這場喜劇也不能靠我的意志力終結。

祖母腰痛的毛病已經持續一年以上了，在那之後她臥床不起，獨居的祖母就這麼住進我家。

家裡沒有媽媽，我一直和父親相依為命。

當初是我跟爸爸分擔照顧祖母的工作，基本上是我放學後負責準備晚餐，洗澡這些粗活就由爸爸處理。

要我幫忙照顧這件事似乎讓爸爸相當愧疚，但畢竟家裡只有兩個人，所以無可奈何。親戚雖然會給一堆意見，但沒人出錢也沒人出力。

爸爸如果休假就會說那天由他照顧祖母，讓我轉換心情。所以星期天我就能跟

朋友去唱歌、買東西、看電影，偶爾也會認真讀書。

祖母一開始會過意不去，但漸漸就開始煩躁起來。我想是因為不如意的事情太多，讓她累積了不少壓力吧。爸爸總會耐著性子勸慰、安撫這樣的祖母，為她加油打氣。

這樣的日子持續了三個月左右，爸爸忽然得單獨到外地工作，而且似乎難以推辭。

因為無法留在家裡照顧祖母，爸爸轉而委託到府看護服務，祖母卻堅決不肯。她不喜歡讓陌生人進家裡，也不想讓別人碰自己的身體。

我們一開始還是硬把看護人員找來，祖母卻用「飯有夠難吃，差點要沒命了」或「他們偷了我的東西」等藉口刁難，最後我們只得打消到府看護的念頭。

我也想過叫爸爸換工作，但實在不符合現實。

總之祖母極端厭惡被他人照顧，連住進安養機構都不願意，實在沒有別的辦法了。

家裡的經濟條件沒那麼好，也不是能挑選工作的時代。

比以往更憔悴的爸爸低頭對我說「麻煩妳照顧奶奶」，我也不是驕縱到會開口拒絕的人。

我跟成天只會吵嚷嫌棄的祖母不一樣，能想像爸爸的辛勞，也能理解他是帶著

什麼樣的心情對我低頭。不能理解其實比較幸福吧——我深切地心想。

爸爸的口頭禪是「沒辦法」。

不管被別人或親戚硬塞多麻煩的事情，他都會用一句「沒辦法」全盤接收。被媽媽拋棄也是這個原因，他卻也用「沒辦法」這三個字一舉帶過。

媽媽曾說，用「好好先生」這種說法雖然好聽，到頭來只是不夠精明而已。

我雖然贊同媽媽的意見，卻無法否定爸爸的生活方式，畢竟世上還是有些無可奈何的事只能用「沒辦法」來解決。

祖母就是這樣。

如果爸爸生病倒下或失業，家裡就會沒收入，我可能連學校都沒辦法去了，這樣我們所有人只能慘死街頭。

所以我接受了必須一人照顧祖母的現實，不是積極，而是消極。借用爸爸的口頭禪的話，這也是「沒辦法」的事情吧。

早上把祖母的要求完成到最後一刻後，我才會去上學，放學後會立刻回家。因為要幫祖母洗澡，感覺我的手腳都長出了不尋常的肌肉。

但還過得去。

我很好，很健康，沒什麼問題。

爸爸每隔幾天就會打一次電話，我總是這樣回答。一半是逞強，一半也是真的。

我卻很擔心這種日子要持續到什麼時候。

爸爸原本只預計去外地工作半年，卻延長成一年了，也不能保證會不會延長至兩、三年。這件事最近讓我擔心得不得了。

跟家裡比起來，學校快樂多了。

光是待在教室，就能忘記家裡的事。

雖然上課時會不小心睡著，但根本沒什麼大不了的，頂多只是被老師叫起來而已。不像祖母會忽然大聲咆哮，在某種程度上對話還能成立。

午餐也能慢慢享用，雖然漸漸跟不上流行的話題，但跟朋友邊聊邊吃，不管吃什麼都是人間美味。

因為太開心，感覺一天轉眼間就結束了。

放學後，我只能婉拒朋友的邀約馬上回家，連社團活動都推掉了。

其實我很想跟朋友去玩，也捨不得放棄社團。

但我也不能丟下祖母不管，所以沒辦法。

我會在車站到家裡的這段路上買完晚餐再回去。

每天打開家門的那一瞬間都讓我好憂鬱，好想摀著耳朵直接逃到其他地方。

我想盡辦法壓抑這股衝動，做了個深呼吸。

從現在開始，我只是為了照顧神明的機器人。

機器沒有心，所以不管發生任何事都扛得住。不會悲傷，不會憤怒，也不會懷抱殺意，這就是機器的好處。

一進家門，就先把祖母的抱怨當成耳邊風。

之後我會平淡地完成既定工作。讓身體像機械般活動時，我用分離的心想著其他事情。

以前那個時代似乎很美好。

人與人之間充滿溫情，景氣也繁榮，自然景觀豐富，完全沒有繁瑣的科技產物。現在光靠一個電視遙控器都無法滿足的祖母，老是如夢囈般反覆說著這些事。

那她怎麼不死在那個時代呢？

因為活太久了，就會變成在這種狀態下也會隨便怨天尤人，對別人毫無感激的厚顏無恥老人。當時跟那麼美好的時代一起死掉的話，就不會變成這樣了。

這種話我實在說不出口。

而煩悶感也源源不絕地沉澱在內心深處。

以前有人給我看過祖母年輕時的照片，照片中十來歲的年輕祖母穿著漂亮服裝，跟同齡朋友笑得十分開心。

當時的祖母會跟朋友開開心心地唱歌玩耍吧，應該也會談戀愛，跟喜歡的人約會。

相對地，如今的我什麼也不能做。

課業、玩樂、戀愛，都沒有自由可言。

因為除了我以外，沒人會幫祖母換尿布。無法翻身的祖母長了褥瘡，連自己填飽肚子都成問題。

我無意比較不幸的程度，也不認為祖母跟我現在一樣十五歲時完全沒吃過苦。但已經夠了吧。

祖母馬上就要八十五歲了，壽命是我的好幾倍。

期間也經歷過很多開心的事吧。

和朋友玩耍，談戀愛，跟心上人結婚，生下孩子，應該也體會過寶貴的經驗。

那應該可以去死了吧。

每次在照顧祖母或完成她的要求時，我心中的殺意就開始翻騰。浮現在腦海又打消無數次的念頭，逐漸增強到難以抹消的地步了。

「美保，妳越來越常在上課打瞌睡了。」

隔天放學後，朋友加奈惠如此嘀咕道。

畢竟我在家裡實在無法放鬆，只能在課堂上補眠。待在家裡，我日夜都要關心

祖母的狀況。

昨天特別輾轉難眠。

我知道原因為何。

因為希望祖母去死的心情依然存在。

做飯的時候，幫她洗澡的時候，只要稍有不慎，不就能輕鬆奪走她的性命嗎？我不是可以親手結束這場漫長的喜劇嗎？

我無法擺脫這股誘惑。

這麼說來，加奈惠在同齡朋友中算是特例，經常看古早的科幻小說，所以應該會陪我聊這種非現實的假設話題。

「欸，加奈惠，妳有過殺人的念頭嗎？」

「有啊，每個人多多少少都有吧？晚上睡覺前特別強烈。」

「如果這種念頭到早上還消不掉怎麼辦？」

我該如何像以前那樣分離自己的感情呢？

我本來就不期望加奈惠給出正常的答覆，但她卻把意想不到的答案擺在我眼前。

「那這個給妳。」

說完，加奈惠從口袋裡拿出顏色十分詭異的小瓶子，感覺是理科實驗會用到的東西。

「這什麼？我不需要這種奇怪的藥。」

「這不是藥，是毒藥，喝了會死的那種。」

「真的假的？這種東西妳是從哪裡拿到的？」

「用APP啊，那個傳說中的『孤獨的羊』。」

占卜APP「孤獨的羊」我也有下載，因為忙著照顧祖母，最近幾乎都沒打開。

但我知道那個傳言。

「孤獨的羊」本來的用途是提供準確占卜，卻有另一個能夠實現任何願望的可疑傳聞。

只要向APP許願，似乎連討厭的人都能殺掉。

很像隨處可見的愚蠢傳聞，其實我不太相信。

加奈惠卻極其嚴肅地繼續說道：

「我在APP裡找到黑羊就拿到毒藥了，所以送給妳，但不能拿來用喔。雖然沒確認過，但裡面可能真的是毒藥。」

「這句話的玩笑程度有幾成？」

「大概三成，總之拿去吧。」

「為什麼？我沒想過要下毒啊。」

「當成護身符之類的吧。因為美保最近常常發呆，感覺很危險。」

隨身攜帶可能是毒藥的危險物品，或許是想透過這種緊張感達到留意自身行為的效果吧，那可真是相當亂來的提神藥。

話雖如此，有朋友注意到我的異常，還是讓我很開心。像這樣跟我一起聊聊低級的玩笑話，對現在的我來說也是貴重的抒壓方式，我真的很高興。

「那我就先收下了，謝謝妳。」

我接過放有毒藥的小瓶子，當作是朋友的好意。

如果這真的是毒藥就好玩了。

這樣我就能偷偷把祖母——

會產生這種想法，應該是瀕臨極限了吧，我有這股自覺。

放學後，我從車站通往家裡的那條路上走路回家。

裝著毒藥的小瓶子還藏在制服口袋裡，光有這個小祕密，就覺得痛苦的日常變得不太一樣。

這時，口袋裡的手機震動起來，是爸爸傳了簡訊給我。

可能因為本來話就不多，他連訊息的字數都很少，基本上都是「還好嗎」，偶爾會變成「有什麼問題嗎」。

我知道這是爸爸最大限度的關切。

但在心情煩躁的時候看，有種被人監視的感覺，好像在確認我有沒有偷懶似的，讓人很不舒服。

個性笨拙到被媽媽拋棄，就算被親戚硬塞了照顧祖母的重擔，也沒有一句怨言的大好人，這就是爸爸。在他身邊一路看過來的我再明白不過。

但感性依然無法順從理性，我還是對爸爸充滿不信任。

其實我一點都不好。

拜託你現在馬上回來幫我，如果真的沒辦法，就麻煩你多賺點錢，直接把祖母隨便丟進一家安養中心。

現在我對爸爸的期望就只有這些。

但根本不切實際。如果宣洩不滿也無法解決問題，就只是徒勞罷了。而且我還被祖母害得夜不能寐，我實在不想再白白浪費時間和體力了。

連跟爸爸講話都覺得麻煩透頂，於是我先隨便回了句「我沒事」。

不知不覺，我也走到家門口。

站在家門前，我的心情就會越來越沉重，好像身體被灌鉛似的。

我知道我逃不了，無可奈何。

今天我打開玄關門前也做了個深呼吸，作好心理準備。

踏進這個家的瞬間，我就會變成機器人，所以發生任何事都不會感到痛苦。

作完這個固定的自我暗示後，我開門悄悄地走進家裡。今天應該也會有祖母刺耳的叫嚷聲迎接我回家才是。

但家裡一片寂靜。

只聽得見電視開著的聲音。

過去從來沒發生過這種事，讓我有些毛骨悚然。

「我回來了，奶奶。」

我試著說出好久沒說的回家問候語。

平常祖母應該會吵著說肚子餓，或是罵我回來太晚，今天卻一點反應也沒有。

我仔細觀察在房間裡臥床不起的祖母，她動也不動，胸口也沒有上下起伏，簡直就像——呼吸停止了似的。

我嚇得倒抽一口氣。

祖母的病況可能突然惡化，得馬上叫救護車才行。

我全身起雞皮疙瘩，早該在家門外分離的感情全都回來了。

我的腳不聽使喚，在站不穩的狀況下想盡辦法脫掉鞋子，這時我忽然想起口袋裡那個小瓶子。

上一秒我還想用這瓶毒藥親手殺掉祖母。

意識到這一點，我就變得動彈不得。想要往前衝的身體和想要往後逃的心靈產

生矛盾，讓我無法行動。

在心中沉澱已久的感情開始蠢動。

說不定是真正的神對我伸出了援手，讓我不用弄髒自己的手，幫我把祖母帶到黃泉之下。我不必特別做些什麼，只要暫時放著不管就好，跟直接下毒相比輕鬆多了。

我感到窒息，雙手不停顫抖。

再這樣下去，說不定是我先倒下。

殘存的些許理性驅動了我的身體，我想盡辦法拿出手機，手指卻僵硬無法動彈。

已經可以自由了吧。

我好像能聽見自己的低語聲。

我已經仁至義盡了。

不必下毒殺人，現在只要閉上眼摀住耳朵就好。

只要這麼做，我就能獲得解脫。

比讓祖母進浴室洗澡還要簡單。

再也不用從學校趕回家，不用憋住呼吸收拾大小便失禁的床單，不用處理被打翻的剩飯，不用聽見歇斯底里的叫罵聲，也不會在半夜被叫醒了。

可是、可是……

要眼睜睜對我的神明見死不救，終結這場地獄嗎？
還是要一如往常，讓這場非自願的喜劇繼續上演？
真要從中擇一的話，我——

在這個社會中，人死了就會有大量手續同時發生。
從外地的工作地點趕回來的爸爸，被無數資料和手續搞得人仰馬翻。除了醫院、區公所和火葬場之外，還得跑年金機構和保險公司，總之忙得不可開交，當然也要準備喪禮。
知道祖母過世後，過去完全不見人影的親戚們大舉湧入，聊起不值一提的財產，爸爸也得努力應付這些人。
所以在安置完祖母的骨灰從墓地回程的路上，我跟爸爸才能靜下心來好好說話。
「謝謝妳這麼認真照顧奶奶。」
一身黑西裝打著領帶的爸爸靜靜地說。
這時我才發現始終被我遺忘的一件事。她對我來說雖然是麻煩的祖母，卻是爸爸最重要的母親。那一瞬間，我才明白自己是多麼無情的人，不禁起雞皮疙瘩。
不對，我才不是那種人，我沒有錯，因為我已經快受不了了。

我才不管爸爸是什麼大好人，也不想管他在公司或親戚面前擺好臉色，每次犧牲的就只有我。

於是我對爸爸發洩出壓抑已久的感情。

「其實我真的很不想叫救護車。」

結果我當時還是叫了救護車。

被緊急送醫的祖母雖然勉強維持了一晚的性命，但彷彿是在等急忙趕來的爸爸似的，還是在他面前撒手人寰。

「我覺得奶奶早點死掉就能輕鬆不少，還動過謀殺的念頭，可是我回家就發現她已經沒呼吸了。如果馬上叫救護車或許來得及，我卻猶豫了，所以我……」

唯獨最關鍵的部分我說不出口，話語哽在喉頭。

後來爸爸只對我說了「對不起」和「謝謝」，沒有找藉口，沒有說教，卻也沒有一句安慰。

爸爸沒打算拯救我。這個人就是在當好人。

所以我靠自己轉換心情。一步一步走向那個充滿煩人回憶的家的路上，我再次建構自我。

我把祖母死後還是隨身攜帶的小瓶毒藥丟進路上的垃圾桶。

將心底殘存的殺意慢慢放下。

然後慢慢回想吧。
想想以前的奶奶是什麼樣的人，我跟那個人之間有什麼美好的回憶。
到那個時候，我應該就能從這場漫長的喜劇中解脫了。

# 在我殺了妳之前

rule | enter | delete

NEMURENAI YORU HA
HITSUJI WO SAGASHITE

我的初戀有血的味道。

就算我長大成人或受傷時，我一定會想起那個時候。寒冷而凍僵的手被染紅的這一刻，血腥味也刺激著陳舊的記憶。

在朦朧的意識中，我想起小時候喜歡的那個女孩。我在生死關頭思考的竟然不是活下去的方法，而是初戀的女孩，連我自己都覺得離譜，但這是有原因的。

我壓著傷口閉上雙眼回溯記憶。

我第一次喜歡上一個人的那天。

也第一次湧現殺意的日子。

✦✦✦

我喜歡的女孩子——淺野陽毬是個有點奇怪的人。

我和她第一次見面，是五歲那個酷熱的夏天。

因為雙方母親感情不錯，我們就被牽在一起，但對彼此都沒什麼興趣。

理由簡單明瞭，因為喜好差太多了。

我喜歡童話故事，陽毬喜歡看圖鑑。我超愛看早上電視播的占卜，陽毬卻興趣缺缺。我喜歡待在室內，陽毬喜歡在室外玩。

話雖如此，我也沒理由討厭陽毬，所以都按照父母的指示跟陽毬處在一塊。

我們之間的關係，在小學一年級的冬天出現了變化。

契機是小學裡養的雞。

某天發生了一起事件，那隻雞被某人殺害了。

這在和平的小學中算是大案件，校方立刻召開全校集會，呼籲大家留意可疑人士。

身為飼育委員的我和陽毬替雞挖了洞，小心翼翼地埋葬。記得當時我嚇得雙手發抖，陽毬卻一如往常淡然。手上沾著泥土和雞血，味道非常重。

我發現陽毬就是殺了雞的犯人，便開口問道：

「雞為什麼要被殺掉呢？」

「我覺得這樣肯定比較好。比起單純死亡，被殺掉的感覺更悲傷吧？」

「悲傷一點比較好嗎？」

「生物死去時，與其一點感覺都沒有，悲傷一點反而更好吧？」

神奇的是，我竟對陽毬這番話感到贊同。

學校裡很少有人會留意雞的存在。

但雞被殺死之後，為牠的死亡難過的學生增加了。如果雞只是在小屋裡自然死亡，就不會有這麼多人關注吧。

順帶一提，找出犯人不是一件難事。

第一發現者的我發現屍體時，傷口還很新鮮，血也尚未流乾，所以一定是剛剛去借小屋鑰匙的陽毬殺的。

但我猜那隻雞可能早就死了，雖然雞被利刃刺殺，小屋裡卻乾乾淨淨。

如果陽毬發現的時候，雞就已經沒了心跳，就算用利刃傷害也不會濺血。

但我可能也做不出這種事，因為我害怕接觸生命。

「透，有什麼東西能讓你痛下殺手？」

陽毬這麼說，彷彿看穿了我的心思。

這個疑問對我來說十分新鮮。

我殺了蟲也不痛不癢，是因為爸媽也這樣做。看到動物受傷會覺得難受，是因為同學都露出那種表情。知道不能傷害別人，是因為老師如此教導我們。

我只會把來自周遭的價值觀全盤接納，完全沒有自己思考過；陽毬卻跟我不同，從頭到尾都用自己的判斷看待是非善惡。

當時的陽毬十分純粹。

我就不是如此。

父母的教誨、老師的說教、變身英雄的英姿、童話的教訓，還有今天早上的占卜，各式各樣的因素混在一起才造就出我這個人。大多數人應該也是這樣，所以陽毬

才顯得突兀。

因此我才覺得陽毬看起來相當美麗，甚至到毛骨悚然的程度。

那或許就是我被陽毬吸引的第一個原因吧。

在殺雞事件之後，我總是盡可能跟在陽毬身邊。

要跟上充滿行動力的陽毬，對體力和精神都是一種折磨，但最辛苦的就是暑假自由研究要做蝴蝶標本的時候。

我真的很討厭昆蟲，光看到昆蟲的眼睛和腳，就會全身發毛想逃離現場。

「時間停止了呢。」

陽毬卻若無其事地烘乾蝴蝶的屍體，用圖釘貫穿背部，小心翼翼地展開翅膀，做出好幾個精美的標本。

「如果是正常死亡，身體就會腐朽消失吧，但殺掉的話就能停留在那一瞬間，很有趣吧。」

我覺得陽毬說的話比製作標本還要有趣，卻無法產生共鳴。

所以我放棄製作標本，改用押花製作書籤解決暑假的自由研究。

「透明明很膽小，對花草卻能下得了手呢。」

看著我做的書籤，陽毬十分好奇地嘀咕道。

我和陽毬的相處時間雖長，但一定完全不了解彼此。

陽毬雖然行動力滿滿，身子卻很孱弱。

但因為在一起時她都表現得活力充沛，當她七歲住進醫院超過一年時，讓我十分驚訝。

明明近在身邊，我卻在陽毬住院之前都沒發現她生了重病。

我不清楚她的病情如何，畢竟不是家屬，也沒機會聽醫生解釋，陽毬自己可能也一知半解吧。

如果陽毬的病能痊癒自然最好。

但我隱約察覺到這個可能性並不高。

就算不知道病名和病況細節，陽毬的家人或護理師散發的感覺，也讓我發現她遲遲無法出院。

我只是個外人，能做的只有陪無法離開病房的陽毬聊天，替她排解無聊。

比如從同學的閒聊中知道的事，學校發生的事，日常生活中發現的有趣話題，偶爾會穿插自己編的故事，想讓陽毬開心一點。來自國外的老師、看到顛倒的彩虹，還有以前聊過被羊救了一命的事。

放學後，我會先去陽毬的病房一趟再回家，假日也一定會去見她一面。我從來

不覺得辛苦，也自然而然地繼續下去。

不管陽毬在哪裡，只要她還活著，我們就還能說上話。

所以我不覺得寂寞，也不曾悲傷。

某次我去探病時，大家在陽毬的病房亂成一團。護理師雖然不讓我進去，我卻宛如被吸引般窺伺著房內的情景。

除了醫生和護理師，陽毬的父母也在裡面。

大家都盯著躺在病床上的陽毬，她似乎沒有意識，對開口呼喚的父母也毫無反應。眼皮閉得死緊，眉間堆滿皺摺，流了一身的汗。

陽毬的表情痛苦地扭曲著。

看到這一幕我才終於發現。

陽毬明明這麼難受。

我還希望她能繼續活下去嗎？

我忽然想起那隻雞，當時陽毬對雞做的事，還有陽毬說的「比起單純死亡，被殺掉比較好」那句話。

多虧如此，我重新找到了自己能做的事。

我雖然治不好不斷承受折磨的陽毬，但只是殺掉她的話一定可以。

這種思維相當偏差，卻又充滿魅力。

這就是殺意嗎？

還是愛情呢？

我第一次發現自己喜歡陽毬，同時也感受到殺意。

年幼的我心想：或許這兩種情緒意外地相似呢。

「妳聽過殺人APP嗎？」

聽到我這句話，陽毬緩緩眨了下眼睛，兩眼直盯著我看，感覺有點可怕。因為肌膚白皙到幾乎能透出血管顏色，陽毬的雙眸看起來格外漆黑。

「沒聽過，有這種東西？」

「最近很流行，班上都在討論。那個APP本來是主打其他功能，但聽說用了祕技就會幫你實現所有願望。」

「明明是幫你實現所有願望，為什麼被說成殺人APP？」

「據說只要許願，連人都可以殺。比起單純實現願望，這種說法才讓人印象深刻吧？所以才被說成殺人APP。」

「真有趣，APP真正的名字是什麼？透有用過嗎？」

「名字啊，呃，好像是什麼走失的羊……抱歉，我沒記清楚。因為爸媽還沒給

我可以用APP的手機，我沒辦法用。」

「好可惜。欸，如果能用那個APP，透想殺死誰？」

陽毬臉上沒有笑容。雖然看過她對大人陪笑的樣子，但她基本上都是這種不可思議的表情。

「我想，殺了陽毬。」

我帶著表明決心的心情，對眼前的陽毬坦承。

我已經不記得陽毬當時是什麼表情了。

但唯獨她的聲音，我現在長大後也記得一清二楚。

「這樣啊，那我等你。」

面對我的殺意，陽毬只回了這一句，簡直像舉手歡迎似的。

想殺死陽毬的心情絕無虛假，但這麼輕易就被當事人接受，讓我有些困惑。

「陽毬不怕死嗎？」

「這跟我的感覺無關呀，死掉以後就感受不到了吧，再來只要周遭的人接受就行了。因為我死了就會停在這裡，往後你還得繼續活下去吧？感覺你比較辛苦。」

陽毬將自己的死亡處理得十分乾脆。

「但我有點擔心耶，透這麼膽小，真的能殺死我嗎？」

結果這變成我和陽毬最後的對話。

之後陽毬馬上又陷入昏迷狀態，再也不能像以前那樣聊天了。

而且這次我沒辦法留在陽毬身邊。

說來沒什麼特別的，是因為父母離婚，以及隨之而來的搬家。

媽媽回去娘家，爸爸被調到外地工作。

我也對父母反抗過，但當然無法推翻離婚和搬家的事實。

爸媽似乎都認為我不該再去陽毬的病房。

他們勸過我好幾次，叫我不要介入太深。

我也明白，不管我去病房多少次，滿心掛念著陽毬，我終究只是外人，無法左右陽毬的任何事。

我對這理所當然的現實十分不滿，還為此賭氣。

當時還是小學生的我能做的事，任誰都能想像得到。

繼續去病房探望不知會不會甦醒的女孩子，直到搬家為止。不是以家人的立場，只是個喜歡她的外人。她死了我會流淚，並祈求在喪禮上把我滿懷心意寫的信一起燒給她。

再把這一切當成人生的動力，逐漸長大成人。

跟受重病所苦的少女共譜的故事中，經常會有這種美好的結局。

除此之外我什麼也做不到，但陽毬願意體諒。無能為力雖然會被他人取笑，也

不是該被譴責的事。
我明白，這些事我都明白。
但當時的我無論如何都無法接受這個現實。
所以我能做的只有一件事。
面對瀕死生物該做的唯一一件事，陽毬已經教過我了。
我度過好幾個無眠的夜晚。
我想破頭都想不出能說服自己的答案，好像不管做什麼都會後悔，讓我無法行動。
但時間不會停止。
到了搬家的前一天，我終於下定決心。
可能會被說成自私吧，我想把陽毬的死歸為己有，再把這件事永遠記在心上。
病死的女孩一定會留在我心裡，喜歡她的這份感情，如今也深深烙印在我的體內。
但不可能留存一輩子，總有一天會淡化成回憶。
連經歷過風風雨雨結為夫妻的父母都因為感情失溫而離婚，「喜歡」這種感情一定也十分脆弱。再這樣下去，我一定會把陽毬給忘了。
但如果是我私心殺死的女孩子，那會怎麼樣呢？

應該不管發生什麼事都不可能忘記吧。
我好想喜歡陽毬一輩子。

我衝進醫院跑上階梯。
我不是陽毬的家人，無權對她做任何事。
不能聽醫生解釋病情，不能支付醫藥費，也不能永遠陪在她身邊。
我只能發出悲慘或不幸等哀嘆，等待陽毬死去的那一瞬間，是個只能傷心流淚的局外人。
但我可以靠這雙手作點改變。
病房中十分寧靜，躺在床上的陽毬身上延伸出無數管線，連嘴裡也裝著。可能是藥物的副作用，她的臉有些浮腫，緊閉的眼皮絲毫沒有睜開的跡象。
人工呼吸器規律地發出聲響，我心臟鼓動的速度則快上一倍。
我握緊從家裡帶來的剪刀，一步步走向病床。
每走一步就覺得剪刀又重了一些，我用汗濕的雙手重新握住好幾次。
我脫下鞋子爬上床，將刀尖直接貼在陽毬的胸口，再將剪刀高舉至頭頂，接著只要用力往下揮就行了。
但這樣真的好嗎？

會不會可能有奇蹟發生？

陽毬說不定會在這一瞬間醒來，而且疾病完全康復，又能跟我一起出去玩，或是康復到可以對話的程度。

我對陽毬的病情一無所知，沒人跟我說過治療方針，我也不確定治癒的成功率有幾成。那如果——

不論過了多久，我的心臟都無法平靜，也無法平復紊亂的呼吸。

錯過這次機會，應該就沒有下一次了吧。

陽毬會在我不知道的某處死去，等我長大後，也會把她忘得一乾二淨。這實在太可怕了。

但真的不會出現奇蹟嗎？

我想殺了陽毬，同時也希望她不要死。

再也壓抑不住的嗚咽聲從緊咬的牙關中流瀉而出。

我感覺自己異常激動，視線漆黑混濁。

而我也作出了決定。

◆◆◆

我的初戀和殺意就這麼結束了。

之後父母依照預定離婚，我逃也似地離開了那座城鎮。隨著爸爸調職輾轉各地的期間，歲數也逐漸增長。

若說我這段時間一直將陽毬記在心上，那是騙人的。眼前的雜事幾乎耗盡我的心神，根本沒時間緬懷往事。

走著走著，我也二十歲了。

可以自由使用當時無法擁有的手機，也安裝了據說可以殺人的ＡＰＰ。

聽說在占卜ＡＰＰ「孤獨的羊」找到黑羊，就會幫你實現所有願望，似乎連殺人都可以。

但現在的我已經不需要了。

在那之後，我從未有過殺人的念頭。

這樣的我在前往同學會的路上遭遇車禍。或許是因為我恬不知恥地回到這個和陽毬生活過的懷舊小鎮，才會遭天譴吧。

我搭乘的計程車發生車禍，受傷的我此刻意識也模糊不清，痛楚傳遍全身，漸漸失去知覺。

我得求救才行。

我用盡全身力氣勉強拿起手機，卻無法用顫抖的手順利操作，手機便從無力的

指尖應聲落地。這樣我既不能求救，也不能使用ＡＰＰ了。

既然都要死，我真想被陽毬殺掉。

畢竟她是讓我第一次湧現殺意的人，被她殺死我也心甘情願，這樣才公平。

我沉浸在這股幻想當中，緩緩閉上眼睛。

已經感受不到疼痛了。

# 當舞臺落幕時

rule　enter　delete

我說：我喜歡妳。

這是我有生以來第一次對別人說這種話。

但告白的意義到底是什麼？自己做出這種事後，我產生這個疑問，變得越來越沒自信。

如果是犯罪的告白，就代表之後要贖罪。

但愛的告白到底是要傳達什麼意圖？說不定是一種相當自作多情的行為。用客觀角度審視後，我覺得快要丟臉死了。

「謝謝。」

高橋悠梨學姊慢條斯理地向我道謝。

隨後沉默籠罩現場，一秒、兩秒、三秒。

這時我開始思考。

剛剛只是表明心意而已，我知道待會該說些什麼，再來只要勇敢踏出這一步就行。

但與此同時，腦海中也警鈴大作，勸我到此為止。

像你這種不起眼的傢伙，怎麼可能跟這位美麗絕倫的學姊有結果。

這個警告相當合理，完美到無懈可擊的程度。

「請妳跟我交往。」

但當時我完全喪失正常的判斷能力，就算我明白膽小的自己給出的警告，卻還是脫口而出。

「嗯，可以呀。」

高橋學姊應允了我的要求，讓我頓時無法思考。

「那以後就請你多多指教囉。」

高橋學姊恭敬地向我行了個禮，所以我也急忙低下頭說「我才要請妳多多指教」。

因為學姊面帶微笑，我也跟著笑了起來。

如果我的人生是一齣劇，我又是這部戲的導演，就會在這一刻讓舞臺落幕。如此完美的結局，觀眾應該也會送上如雷掌聲給予祝福吧。

但我的人生不是一場戲，我也不是導演。

如果在這裡落幕，就是完美大結局了。

我總會錯過這種場面，繼續未完的人生。

在絕大多數的故事中，男女主角會跨越種種難關，最後結為連理。

但往後的日子才是真正的苦難。

從來沒交過女朋友的我，自然不知道這個現實。

高橋悠梨這名女性，可說是優秀到我快要配不上的程度。

她是大我一屆的學姊，和我同屬戲劇社，主要負責舞臺美術。五官立體，四肢修長，身高也高於女子平均值。雖然她的外表在舞臺上會十分亮眼，但因為聲音太小，幾乎沒有在臺前表演過，只有配角人數不夠時才會接下沒臺詞的角色。

喜歡上某個人的契機這種事很難事後回想。雖然不知道用「墜入愛河」來形容戀愛的第一人是誰，但我覺得十分傳神。墜入愛河之後，怎麼可能知道原因或理由呢。

硬要說的話，我喜歡她的側臉，我就愛她縫製服裝時的凜然側臉，現在也會忍不住看得出神。

拚盡全力的告白得到奇蹟般成功的那個十月。

自那天起，我們就瞞著周遭偷偷交往。

選擇隱瞞並沒有特別的理由，因為我們都覺得沒必要特地宣傳。

就這樣交往了三個月。

雖然是偷偷交往，我跟悠梨學姊的關係還是漸漸被旁人發現了。畢竟我們在同一個社團，有些時候還是避無可避，所以也無可奈何。

但如此一來，就有人開始用言語騷擾我了。

「欸，你們聖誕節去約會了嗎？悠梨很喜歡聖誕燈飾吧。」

尤其財部學長最近老是狀似親暱地找我搭話。他跟悠梨學姊同年，對我來說是戲劇社的前輩。

「對了對了，初次參拜時她有穿和服吧，紅色那一套。不過和服真的很讚耶，脫起來比普通衣服興奮多了。」

財部學長以前似乎跟悠梨學姊交往過，簡單來說就是前男友。

可能是因為這樣，他一天到晚找我聊跟悠梨學姊交往時的故事。

我真的很不喜歡聽他說這些事，比妖怪、打針和蟑螂更讓我討厭。

「那傢伙是穿衣顯瘦的類型喔，沒想到吧？我脫她衣服的時候嚇一大跳呢。」

而且八成都是這種低級的內容，讓我更加痛苦，有夠煩人。

財部學長就是這種人，本來就很愛裝熟了，知道我跟悠梨學姊在交往，就用更親暱的態度找我搭話。

我就直說吧，真的很煩。我很想讓他閉嘴，又無法對學長說太失禮的話。

要是打斷財部學長說話，好像我很在乎他們早已結束的關係一樣，感覺有點遜。所以我只能帶著苦笑，想盡辦法把他的話當成耳邊風。

但他真的讓我很不舒服。

我好討厭財部學長，甚至會浮現出可怕的念頭，希望他因為某些因素轉學或重傷住院。

如果財部學長這麼做是為了動搖我的心志，那他的策略太成功了。光是沒把嫉妒心和厭惡感寫在臉上，我就想佩服自己的演技了。

「啊啊，可能會有點惋惜吧，但我現在也有新女友了，根本無所謂啦。」

為了忽視財部學長的話，我逃進幻想之中。

如果有時光機就好了。

如果能用時光機回到過去，我要比任何人都早認識悠梨學姊，盡可能帥氣地告訴她：千萬不要跟財部學長交往。

但我也不知道要怎麼用帥氣的態度說出這種丟臉的願望。

「你有心事嗎？」

回家路上，悠梨學姊看著我的臉這麼問，真可愛。

「最近沒什麼精神耶。」

她似乎在擔心我。我無意將情緒寫在臉上，但這個人心思敏銳，這一點我也很喜歡。

但財部學長可能也體會過這種幸福的感覺。

我跟悠梨學姊共度的時光，居然被這種煩人的思緒入侵。那個人的炫耀如尖刺般刺在我心上，怎麼拔也拔不出來。

雖然沒對財部學長坦承，但我沒能跟悠梨學姊一起過聖誕節和新年假期。

聖誕節她說要參加驟逝的恩師喪禮，歲末年終也要跟家人回老家，無法跟我去初次參拜。

她已經跟我解釋過了，所以我沒放在心上，但聽財部學長說的那些話，讓我有些煩躁。

會不會是因為她跟財部學長在這兩個節日都約會過，才會找藉口躲著我？我對產生這種想法的自己感到噁心。

我知道是自己想太多。

也想過要不要找悠梨學姊商量應付財部學長的方法，但又不想被她當成在意前男友的沒用廢物。

「沒事，只是考試成績不太理想。」

「啊，那要不要一起K書？」

這麼說來，財部學長也說過他跟悠梨學姊一起K書的事，還說家居服短短的很性感。

居然刻意回想這種光想就不舒服的事，真討厭我自己。

我也不是小孩子了。悠梨學姊這種外表和個性都這麼完美的人，怎麼可能沒跟其他男生交往過，我可沒蠢到會有這種想法。

都上高中了，她當然會喜歡過幾個人，也有很多人喜歡她吧。畢竟她是活潑外向的人，跟我不一樣。

但我不想特地追問她的過去，也不想從他人口中聽到我尚未得知的其他面貌。

那種話裝作沒聽到不就好了嗎——我知道這個建議非常合理，但就是辦不到。

因為太喜歡了，才會想連那個人的過去都占為己有，要是沒辦法，至少我想繼續被蒙在鼓裡。這種想法有這麼沒用嗎？

我想盡辦法壓下這股無可傾訴的心情。

「沒關係，我會自己解決。」

應該說我也只能自己解決。

「是嗎？那就好，有問題隨時告訴我。別看我這樣，我成績很好呢。」

越覺得關心我的悠梨學姊可愛，就越希望我跟她以外的人類都從歷史上徹底消失，這樣我就可以占據她的一切。快點去死吧，人類。

在喜歡上悠梨學姊之前，我都不知道自己這麼沒用，也不太想知道。

「對了，你跟悠梨進展到哪裡啦？進過房間了嗎？」

隔天財部學長還是老樣子，真希望他偶爾請個病假。

他雖然是這種人，但如果有其他人在，就絕對不會聊這種猥瑣的話題。相對地，他只要一逮到我，就會摟著肩膀把我帶去沒人的地方。

「不，我還沒……」

「喂喂，你太不積極了吧，青春很短暫耶。柏拉圖式愛情只是廢物的藉口而已，是男人就該勇敢進攻，懂了嗎？」

但財部學長的目的到底是什麼？為什麼要每天重複這些話題？我實在搞不懂。是在關心沒出息的學弟嗎？未免也太過分了，到底在想什麼啊。

還是在炫耀？炫耀「我比任何人都了解你的女朋友」？那就更噁心了，令人作嘔。

有沒有膠帶或濕抹布可以堵住這小子的嘴？還是——

「真不乾脆，悠梨怎麼會跟你交往啊？」

財部學長用玩笑般的輕浮口吻這麼說。

「我對前女友沒有留戀，但還是有點興趣喔。悠梨會在我跟你之間選擇誰呢？要試試看嗎？看那傢伙會不會出軌。」

我屏住氣息，頓時無法判斷是厭惡感或恐懼使然。

「開玩笑的，我現在已經有新女友了，被她懷疑出軌也很麻煩。」

財部學長笑了笑，像是在細品我寫在臉上的表情。

我知道他是在嘲笑我。

「哎呀，但戀愛的醍醐味，果然還是讓對方染上自己的顏色嘛，就像照自己的喜好培育懵懂無知的少女？這種在新雪留下足跡的感覺真是棒呆了。你也這麼認為嗎？啊啊，你不是這種人吧。」

此刻我才終於明白，財部學長根本不會給其他人最基本的尊重，所以說的每一句話都讓人不爽。

「我自己是樂在其中啦，你就努力跟我用過的女人好好相處吧。」

這句話似乎成了導火線，讓我的心境產生決定性的變化。

我想殺了他。

憤怒反而讓我的思緒冷靜下來。

既然是這種會傷害他人的人，殺了也無所謂吧。

我沒表現得太誇張，只是決定要殺了他而已。

擬定殺人計畫不是什麼難事，只要把平常用在其他地方的時間全都花在殺人計

畫上就好了。

我把浮現腦海的點子寫在筆記上，將計畫統整。

我想盡可能選擇殘忍的方式殺掉他，一定要讓財部學長死得很痛苦。

我原本想用某個ＡＰＰ。

據說占卜ＡＰＰ「孤獨的羊」可以幫忙殺人。

傳聞五花八門，比如會準備殺人的手段，只要許願對方就會死，也會幫忙實現殺人以外的願望，內容有微妙的差異。唯一的共通點就是必須抓到黑羊。

反正也睡不著，我半夜打開ＡＰＰ試著找了好幾天，但根本找不到黑羊。

而且盯著螢幕的時間也很浪費，我馬上就放棄了。

與其依靠不確定的ＡＰＰ傳聞，還是找其他手段比較好。

最後我決定製作炸彈。

「炸彈」一詞聽起來有點不切實際，但其實意外容易取得，每個人身上都帶著爆裂物。

那就是鋰電池。這本來不算危險物品，但如果是不良品或使用不當就會爆炸。鋰電池在這個時代隨處可見，人人至少都會帶一個在身上。

不論國內外都經常發生鋰電池的爆炸意外。

在學校發生爆炸也很自然，可以包裝成意外殺死他。

我開始收集不良品電池當作材料。

不愧是不良品，價格便宜又容易入手。我隨便在拍賣ＡＰＰ上買了幾個產地不明的二手行動電源。

為了保險起見，我在杳無人煙的河堤實驗。在這裡萬一發生意想不到的爆炸或火災，離河川也很近。

總之我試著往膨脹的行動電源踩了一腳，因為被捲進爆炸非常危險，我馬上就跳開了。

過了一會，行動電源發出白煙和惡臭味，還竄出熊熊大火。我連忙將行動電源踢進河裡，以免造成更嚴重的火災。

這一幕比想像中還要恐怖。

殘留在鼻腔的惡臭和烙印在眼中的火焰殘影，讓我心生遲疑，同時有股黯淡的心緒油然而生。

我從淺淺的河底撿起已滅火的行動電源，陷入沉思。

手段已經確定可用，如今我有兩個選擇。

換句話說，我可以選擇殺或不殺。

我真的很討厭財部學長，但真的有必要殺他嗎？

有沒有其他方法可以解決這個狀況？

直接訴諸暴力稍嫌武斷，也有點離譜。
但我還能怎麼做？
若費盡唇舌跟財部學長溝通，他會改變想法嗎？懇求他別再做這種事，他就不會再搭理我了嗎？
當然不可能。
人心不會被他人改變，所以彼此才需要適度妥協。逼別人照自己的意思做，未免也太傲慢了。
但實在無法原諒的時候又該怎麼辦？
我心中還是只有一個答案。

我將計畫內容盡量精簡化。
要營造出意外的假象，就得避免太過縝密的手法。手法越繁瑣，犯行暴露的可能性就會提升。
所以我將危險的行動電源裝進扁扁的餅乾盒裡。
我把行動電源藏在社團教室。財部學長的座位上放著坐墊，藏在坐墊下就不會被發現吧。

財部學長坐在椅子的瞬間就會爆炸，手法非常簡單。

我試著重看筆記檢討好幾次，卻想不到比這更迅速且輕鬆的殺害方法。

光想像財部學長被燒死的畫面，我就覺得痛快極了。

這個計畫從準備到執行花不到一週時間，最耗時的可能是選定適合犯罪的日子吧。

執行當天，我比想像中還要冷靜，而且還有一絲良心，覺得至少不能傷害到其他人。

社員為了舞臺劇彩排往體育館移動時，我叫住財部學長。

我決定用「商量悠梨學姊的事」這個最簡單的理由。

財部學長似乎很愛在我面前炫耀，所以如果用「不想被其他人聽見，想在社團教室跟他聊聊」這個說法，那個人一定會來。

炸彈已經放好了。

我待在可以俯瞰戲劇社社團教室的主校舍男廁。既然是放學時間，就沒什麼人會用校舍男廁，是最適合獨自見證結果的地點。

我馬上就看到財部學長走進社團教室，這一刻終於來了。

我想像著燃燒的社團教室，靜待那一瞬間到來。全身開始冒冷汗，但這是因為我太期待了，應該沒錯。

我殷切期盼著爆炸的瞬間，就這麼等了一分鐘。

財部學長已經坐在炸彈上了，卻什麼也沒發生。

……真奇怪。

沒爆炸嗎？衝擊力不夠？

還是他已經發現炸彈的存在——？

「啊，你在這裡啊。」

身後傳來不可能在此處聽見的爽朗聲音，我嚇得轉頭一看。

只見悠梨學姊毫不猶豫地踏進男廁。雖然這也讓我很驚訝，但這不是重點。

更重要的是悠梨學姊手上的東西。那個餅乾盒很眼熟，跟我今天帶來的看起來很像。

也就是說，悠梨學姊雙手捧著我做的炸彈。

只要沒施加強烈衝擊——比如掉下來或刻意踩踏——就沒事，但我還是驚訝又擔心。

頭腦一片混亂，不知該說些什麼。

思緒無法集中，讓我頭昏眼花，想要馬上逃離現場。

「也對，你嚇到了吧。對不起，其實我看了你的筆記。因為你最近好像為了我以外的事情非常苦惱，讓我很擔心。」

所以她知道我裝了炸彈，偷偷回收了吧。

我終於明白了，難怪等這麼久都沒爆炸。

「為什麼不讓我殺了他？」

下意識脫口而出的這句話，沒用到連自己都不禁失笑。

「因為我不想看到你殺人，被逮捕的話就完蛋了。」

「這……這倒是。」

聽到她理所當然地說出理所當然的話，我忽然全身無力。

「欸，你為什麼想做這種事？你跟財部同學鬧翻了嗎？」

要我坦承真相實在太丟臉了，但事已至此，也不能繼續隱瞞了吧。

無須擔心，凡事取決於如何表達。

只要說得自信滿滿，哪怕是毫無根據的事實都能產生莫名的說服力。如果說得支支吾吾，就算是真相也無法取信於人。

因此即便是多沒出息的內容，只要思緒清晰地表達就沒問題。

「財部學長，呃，幾乎每天都會跟我說，那個，以前跟悠梨學姊交往的事，我很討厭，真的很討厭……所以，該怎麼說……」

但我一開口就變成七零八落的口氣，彷彿小學生在跟老師報告。

其實我想把自己的行為再正當化一些，想狂說財部學長的壞話。

但情緒跌宕起伏，我實在很難好好解釋。

「對不起，讓你很不舒服吧。」

為什麼悠梨學姊要道歉呢？

事情都這樣了，真希望她對我發火，針對我的弱點狠狠批評。

無法接受心上人過去的戀愛經驗，度量未免也太狹小了。說到底，正因為有過去的戀愛，才能造就現在的自己。堅持對方要毫無經驗，感覺既幼稚又噁心。

希望她能用這種隨處可見的正確思想狠狠揍死我。

這樣我應該就能釋懷。

「要是我早點發現就好了。」

「不，是我太沒用……」

「沒這回事，如果你的前女友出現，我也會吃醋吧，就算只是朋友也會焦慮不安。要是她敢得意洋洋地說你還沒遇見我之前的事，我可能會勒斷她的脖子。」

以悠梨學姊平常高冷的形象來說，這些話算是相當稀奇。

「我的獨占欲比你想像中還要強，而且很喜歡你喔。跟你在一起後，我發現你滿腦子都想著我，我真的很開心。所以你既然要煩惱的話，希望你多想想關於我的事。」

這段甜蜜情話，比其他正常理論還要觸動我的心。

足以讓我清醒過來。

這種時候，我竟覺得自己發現了悠梨學姊的全新面貌。

「對了，財部同學跟你說了什麼？」

「那個，呃……」

那個人的話題都很低俗，幾乎都是讓人不知該不該當面說出口的內容，所以我決定用模稜兩可的說法告訴她。

「像是你們一起去看聖誕燈飾之類的。」

「咦？我們沒去啊。」

「什、什麼？」

「我的確是被財部同學告白後跟他交往的，但維持不到一個月吧，而且我記得他是秋天跟我告白的。」

跟財部學長那邊聽到的完全不一樣。

「那有穿和服去初次參拜嗎？」

「我沒去，也沒穿和服，因為每年都會跟家人回鄉下，根本沒機會穿啊。」

「那有在房間一起K書嗎？」

「沒有沒有，要K書也會去圖書館，我不會隨便讓別人進房間。」

我頓時全身無力。

結果財部學長那些話幾乎都是打腫臉充胖子嘛，搞什麼啊。

「啊，但也沒辦法證明啦，真傷腦筋。」

「我相信悠梨學姊說的話。」

「是嗎？那就好。」

那當然，倒不如說，我一開始這麼做不就好了嗎？不必費心製作炸彈，直接找悠梨學姊問清楚就好。

不過，要是那天她對我說「的確有過那些事，當時我很開心」的話，我應該會昏倒吧。

如果被拿來比較，我沒自信贏過財部學長，所以才不敢確認。

總之是因為我太膽小，才只能選擇製作炸彈。

「對了，可以換我問你嗎？你真的做了這個炸彈？」

「算是吧。啊，施加刺激會很危險喔。」

這麼說來，我差點忘了悠梨學姊手上還拿著炸彈，便急忙從她手中接過餅乾盒。

「但你很厲害耶，竟然能做出炸彈。」

「妳沒被嚇到嗎？」

「該怎麼說呢，我確實覺得有點恐怖，但也認為自己很不應該，居然沒發現心上人這麼煩惱，反省的心情反而比較強烈。」

就結果來說，是我被財部學長的謊言所騙才把事情鬧大。
財部學長為什麼要撒謊呢？說不定他對悠梨學姊還有留戀，這麼想就說得通了。
話雖如此，我一開始也沒注意到這一點。
不要再被他人的言論所迷惑了。
聽到我尚未得知的悠梨學姊的過去，哪怕只是謊言，我也會煩躁嫉妒。如果是事實就更不得了了。
但現在這個人對我表明了心意，我若選擇忽視也毫無意義。
我要用自己的眼睛、耳朵和心靈直接了解她。
「悠梨學姊，多跟我說說妳的事情吧。」
「嗯，我也想更了解你。」
雖然不知道我們的戀愛關係能走到什麼時候。
但唯獨此刻，我想相信這份愛情能持續到永遠。

# 出軌是死刑

rule　enter　delete

早安。

嗯，我知道，你在等上次的回覆吧。但在那之前，我想請你聽我說幾句。

對，我想聊聊前男友。上次有跟你聊過一點，但最重要的分手原因……是那傢伙出軌了，爛透了吧？

我在大學之前都讀女校，所以卯足全力想在大學轉變形象，也順利交到第一任男友。

那傢伙個性很爛，但外表爽朗帥氣，總會熱情地找我聊天，適合留金髮，身材又精壯。我這種戀愛初學者根本抵擋不了他的魅力。

所以我在各方面都盡心盡力。

我會去他獨居的房間打掃，替他做飯，還會幫他做上課筆記。

結果他居然出軌，到底是怎樣啊？想到這件事我又一肚子火。

但我當時非常沮喪，還乖乖反省自己是不是哪裡沒做好。

我甚至煩惱到發高燒，結果臥床不起，上個月都沒去上課也是這個原因。對了對了，謝謝你那時候幫我做筆記，真的幫了我不少。

我打電話找朋友商量，他們雖然要我別太失意，但我實在很難轉換心情。畢竟是第一任男友出軌，也是第一次被甩。

嗯，我被甩了，那傢伙很失禮吧？

因為我偶然在車站前看到那傢伙跟一個女的走在一起，就是那種男人會喜歡的下垂眼嬌小女生，之後我就找他逼問。

結果他馬上承認自己出軌，還跟我說「我喜歡上別人了，分手吧」。氣死我了，那不就變成我被他甩了嗎？好歹也是我甩了他才合理吧？

但我還在想是不是自己不夠可愛，廚藝不夠好之類的，一邊反省一邊生氣，發高燒的時候滿腦子都是這些事。

某次我才終於發現。

為什麼我非得為那種人苦惱成這樣？未免太離譜了吧。體悟的當下，我立刻從床上跳起來。

我該做的不是檢討自己，完全沒必要因為那種人譴責自己。

於是半夜我邊吃泡麵邊思考如何復仇。

嗯，我當時的確還在發燒，但還是想盡辦法採取行動。

思考復仇方法時，我越來越無法原諒前男友，這股心情也轉變為殺意。沒有，我是說真的，一點也不誇張。

最後我用了ＡＰＰ。

啊，你聽說過占卜ＡＰＰ的傳聞嗎？那個「孤獨的羊」。對對對，就是可以殺人還是什麼的，既然你知道就好說了。

不會吧，你有用過？槍？怎麼回事啊，好好奇喔。啊，對喔，現在應該先聊我的事。嗯，我知道了。

你用過就應該知道，那個APP不是會跑出五顏六色的羊嗎？羊的顏色不同，占卜內容也有些微改變。比起占卜，羊群在畫面裡喧鬧的樣子更療癒人心。那真的很可愛吧。我平常雖然會用，但從來沒看過黑羊。

但因為沒有其他方法，晚上我讓APP開著找了一陣子，沒想到真的找到了。感覺APP真的跟傳聞一樣會實現我的願望，於是我輸入「想要炸彈」四個字傳送出去。那時我終於感受到些許睡意。

之後我乖乖補充水分，好好睡了一覺。

如果醒來後感到神清氣爽，我可能會打消復仇的念頭。

結果天亮以後，我的精神狀況跟半夜一樣糟糕，好像根本沒睡飽。

這時APP馬上傳來通知，我也真的得到兇器了。

就放在車站的投幣式置物櫃裡，很誇張吧，到底是什麼原理啊？

咦？對啊，是炸彈，大概是這種大小的餅乾盒，貨真價實。

我就是想用浮誇的方式復仇，才想得到炸彈。

你想想，用利刃刺殺應該不太容易吧？我不想沾到血，用槍也不確定能不能射準。

炸彈在這方面就是個不錯的選擇。無須本人出手，只要把他的房間炸掉就行了，運用起來很靈活。

我當然也知道自己的想法很可怕，但當時我已經氣昏頭了。

俗話說事不宜遲，我將從投幣式置物櫃拿到的炸彈抱在懷裡，往前男友家趕去。

沒想到正好碰見那傢伙走出公寓。我本來想馬上把炸彈砸過去，但當時情緒已經平復一些了。

從服裝、不常戴的飾品和頭髮的造型來看，顯然是等等要去約會的打扮。既然都要下手，我覺得乾脆把他的新女友也牽扯進來。我很壞吧？

所以我決定跟蹤他，嗯，就像警匪劇那樣。

但他完全沒發現，反而嚇了我一跳。

沒想到人類不太會發現自己被跟蹤呢，還是因為我有這方面的才能？

對對對，祕訣就是配合對方的步調。因為腳步聲被掩蓋掉了，完全不會露出馬腳喔。下次有機會跟蹤別人的話，你可以試試看。

咦～？哎唷，這輩子總會遇到幾次跟蹤別人的時候吧，嗯，一定會有。

啊，然後啊，我跟蹤前男友跟那個新女友，發現他們慢慢往奇怪的方向走去。

喏，那個，就是有一堆不正經大樓的地方。

咦，你不知道嗎？就是那個啊，呃……招牌上寫著「休息」的地方，我覺得很

丟臉不想說出來耶。咦？不，我沒去啦，只是遠遠看就知道了，笨蛋。

總而言之！我心想「居然大白天就去這種地方」，怒火都燒起來了。但因為來往行人不多，我也沒辦法衝過去，只能繼續觀察狀況。

結果發生了非常驚人的事。

啊，用這麼誇張的鋪陳反而很不真實嗎？抱歉，因為我從來沒跟別人聊這麼久。但有人願意聽我說話，我真的很開心，搞不好會上癮耶。下次再找你聊更和平又無聊的話題，嗯，麻煩你了。

回歸正題，有幾個兇神惡煞的男人接近前男友和那個女人。

總共三個人，每一個感覺都很可怕，還穿著花襯衫。不覺得花襯衫很恐怖嗎？我覺得是小丑那種類型的恐怖。你不懂嗎？

嗯，前男友被那幾個男人纏上了。雖然聽不太清楚，但我馬上就發現了。你應該也知道吧？嗯，答對了。

就是傳說中的仙人跳，又稱美人計。對方會用慰問金等理由搶走你的錢。

我覺得那個女人就是做作的小惡魔，會被那種人欺騙也很可悲。男人真的無法抵擋無辜的眼神和乳溝，勸你也是小心為妙。

然後啊，我一開始還覺得很痛快，希望那些人把前男友揍到哭出來。

但我這個人很心軟嘛。

我竟然對那種人渣產生了一絲憐憫。

我大喊「住手」闖進他們之間，把那些花襯衫打得屁滾尿流哭爹喊娘……啊，你發現我在說謊了吧，抱歉抱歉。

但我確實沒有見死不救。

不是因為放不下前男友，而是單純的良心，就像把掉在地上的空罐撿起來那樣。

所以我把身上的炸彈丟了出去。

啊，對喔，照理來說應該要報警，但我當時完全沒想到。可能因為還在發燒無法冷靜吧，我又沒睡飽。

可是丟出去的炸彈真的爆炸了，讓我嚇了一跳。

咦，誰會覺得那是真的炸彈啊？那可是從奇怪的ＡＰＰ拿到的可疑盒子耶？我丟出去的時候只覺得是類似整人箱的東西，卻被驚人的巨響和火焰嚇得摔倒在地。

嗯，沒人受傷。

但多虧那個炸彈，我順利從那群惡棍手中救出前男友逃了出去，很厲害吧？

啊，你嚇到了吧？還可以嗎？那就好。

我跟前男友一起逃到大馬路上。

結果你知道那小子跟我說什麼嗎？「是我錯了，我們復合吧。」太自私了吧？

所以我用超級燦爛的笑容對他說「去死吧」。

然後我就拋下傻在原地的前男友回家了，感覺非常痛快，所以當天久違地睡了個好覺。

我說完了。

我為什麼想說這些呢？因為我想讓你知道，你告白的對象是這種女人。

喏，我也不想重蹈覆轍，所以慎重了一點。

我當然知道你不像前男友那麼輕浮，但還是姑且說一聲。

啊，雖然是自賣自誇，但我廚藝真的很好，也願意為對方犧牲奉獻。如果能百分之百愛我，我也會用百分之百的愛回應對方。嗯，我對你，那個，該說是不討厭嗎？呃，總之就是這種感覺。

……我都承認對前男友丟過炸彈了，你還稱讚我可愛，真了不起。不，我很開心啦。

欸，再跟我告白一次好嗎？因為我喜歡你的聲音，低沉又有磁性。我之前有稱讚過嗎？原來如此。

嗯，那就請你多多指教了。

啊哈哈，有點害羞耶。

啊，但你要作好心理準備喔。要是你敢出軌，我會殺了你。

# 鏡中的倒影

rule　　enter　　delete

NEMURENAI YORU HA
HITSUJI WO SAGASHITE

殺人和被殺，哪一種比較好呢？

最近我老是在想這件事，但我可能沒時間想出答案了。

當窒息感變得比疼痛更強烈的時候，我覺得自己就要死了。

悶痛感始終沒有消失，出現耳鳴現象，讓我聽不清爸爸的怒吼聲。我難堪地縮在地上，想盡辦法壓抑持續擴散的痛楚。

可以的話，希望弟弟不要挨揍。

這個念頭就已經耗盡我的氣力，所以我沒辦法阻止弟弟挨打。

「昨天很抱歉。」

用髮蠟固定頭髮，一身筆挺西裝的爸爸語氣沉穩地說。

他總是如此。

此刻爸爸身上完全看不出昨晚那種禽獸般的殘暴面孔，黑框眼鏡後方的眼眸冷靜沉著，散發理智的光芒。纖瘦的身形也不像會打人的樣子，看起來就像與暴力沾不上邊的善人。

但客廳還殘留著壓扁的空罐、碎玻璃和散亂的垃圾，我臉上和身上的瘀青也沒有一夜消失。

一大早就蹲在房裡打掃的是還在讀國中的弟弟，他刻意低著頭不看爸爸，應該很害怕吧。

「我出門了。」

爸爸拿著公事包出門上班，我跟弟弟直到最後都沒跟爸爸說一句話。

爸爸出門後，充斥整個家的緊張感才緩和下來，我也終於能跟弟弟搭話。

「傷勢還好嗎？」

「沒有哥那麼慘。」

「這樣啊。」

昨天我中途就失去意識，所以不太清楚，但弟弟最後好像還是被揍了，左臉頰有瘀青。

疼痛感不會變得習慣麻痺，就算天天受傷，新傷和舊傷還是一樣痛。

但看到弟弟的傷最讓我難受。自己的傷還能感受得到，弟弟的傷就只能靠想像，這種傷會帶來另一種痛楚。

我也幫弟弟一起打掃，在上學前把家裡清掃乾淨。

爸爸會在喝酒那天施暴，所以幾乎是每一天。

但他隔天早上就會變回冷靜沉著的父親。

所以沒人能理解我們的現狀。

對外的說法是，我跟弟弟是因為激烈的兄弟爭執才會受傷，忙碌又溫厚的爸爸對這些血氣方剛的兒子束手無策。

找人傾訴是不是就能解決？我也想過這種可能性。

但爸爸看起來完全不會打小孩，也具備可靠的社經地位，所以我說的話應該沒什麼人相信。

只要不喝酒，爸爸的個性還算溫厚。媽媽過世後，我也很感謝他獨自將我們撫養長大。可以的話，我實在不想看到爸爸受罰。

我也知道自己缺乏想像力。

所以我完全不知道如何改變現狀。

我身上總是青一塊紫一塊，在學校也被孤立。

不知是因為眼神兇惡還是其他原因，但大家似乎覺得受傷的人也會加害別人。

「又搞得這麼誇張。我想問很久了，你不痛嗎？」

大部分同學都對我敬而遠之，只有這個野村會稀鬆平常地找我聊天。她總是笑嘻嘻的，話又很多。

「當然痛啊。」

「那為什麼還不停手啊？」

被她這麼問我也沒轍，但理由倒是可以想像。
「可能打人的時候不覺得痛吧。」
「是嗎？但不收斂一點，以後就不是皮肉傷這麼簡單了喔。」
確實如此。
我越來越覺得自己可能會死。
看來身體真的快撐不住了吧。
那我該怎麼辦？我還是想不出答案。
「對了，我今天聽到一個很有趣的事喔。」
野村超喜歡可疑的傳聞或外星人這種話題，我也不討厭。雖然不會盡信，但光聽故事也滿有趣的。
最重要的是，聊這種荒誕無稽的話題，我就能忘卻自己身處的現實。
「你知道殺人ＡＰＰ的傳說嗎？是一個名叫『孤獨的羊』的占卜ＡＰＰ，據說許願後就會幫你殺人耶。」
這番駭人的言論，讓我不禁瞪大雙眼。
「殺人」這兩個字始終棲息在我的腦海中。
我很早就發現，這是避免自己被殺的唯一可行之法。
就是在被殺掉之前殺了對方。

為了生存，哪怕他是我親生父親，也不能有一絲猶豫。

因為不這麼做，死的就是我，也可能是弟弟先丟了性命。我根本不敢想像弟弟比我先死。

但真的只有這個方法嗎？

我當然不想被殺。

但也同樣不想殺人，我不希望自己積極看待這個選項。

「啊，你果然很好奇吧？要我細說嗎？那個ＡＰＰ被傳得繪聲繪影，但共通點就是必須找出黑羊，時間選在深夜比較好……」

「我沒興趣。」

假設真的有能殺人的ＡＰＰ，我也不想依靠那種東西。除了我以外，有其他人曾經幫我改變過現狀嗎？就是因為從來沒有，我跟弟弟身上才會一直有瘀青。不能依賴可疑的傳聞或ＡＰＰ，要靠自己的力量改變。我得在被殺掉之前找到對策才行。

我閉上雙眼。

免得錯失在體內覺醒的這股殺意。

「真可惜。那要聽炸彈女的傳聞嗎？還是河童的故事？」

野村又滔滔不絕地說，但我已經沒心情聽了。

我覺得媽媽過世是爸爸開始買醉的原因。弟弟出生時，媽媽就撒手人寰了。之後過了十幾年，爸爸表面上看起來已經走出悲傷，其實仍無法接受媽媽的死。我上國中後，他的飲酒量逐漸增加，現在則是每晚都喝，暴力也隨著飲酒量等比攀升。

就算我死了，爸爸一定還是會繼續喝酒。

他只會在酒醒後道歉，裝出道貌岸然的假象，但還是不敢面對現實，最後沉迷於酒精。還會用暴力手段將不滿與憤怒宣洩給周遭的人，實在醜惡至極。

回到家後，我發現弟弟在家。他在這裡我不方便動手，所以我想把他趕出去。

「不好意思，可以幫我買羊羹回來嗎？要當作媽媽的供品。」

「現在嗎？下禮拜才要掃墓吧？」

「別問那麼多，買就對了。爸也快回來了，你慢慢來吧。」

「……好啦。」

弟弟出門了，他應該以為我是為了讓他避開爸爸的暴力吧。我故意選了這種會讓他誤解的說法。

這樣就準備周全了。

我摸了摸藏在制服內袋的美工刀確認形狀。

殺人根本不需要ＡＰＰ。

利刃到處都有，鈍器也不難找。

唯一需要的只有決心。如今雖然稱不上百分百，但我已經具備必要的決心了。

我讓弟弟逃出去了，這樣不論結果如何，外界都會認為弟弟跟此事無關吧。

約莫三十分鐘後，爸爸回來了。

我正想將刀子掏出口袋，卻忽然想起媽媽的臉。我對媽媽的記憶只有小時候見過的印象，還有遺照上的表情。

但因為想起媽媽，我沒能在動手前一刻拿出刀子。

話雖如此，也不能就此退縮。

所以我對回到家的爸爸下跪。

「拜託你，別再喝酒了。」

這是第一次也是最後一次。

或許他願意聽我的勸。

依靠可疑ＡＰＰ或陌生人雖然很魯莽，但我應該可以對父母或家人有一絲期待吧。

至少爸爸沒喝酒時比較冷靜，聽了我的懇求或許會反省，起碼將喝酒的頻率降低。

結果我的想像真的被狠狠踐踏了。

「你把爸爸當成病人嗎？把我當成可悲的酒精中毒者？你算哪根蔥啊。」

爸爸用穿著鞋子的腳踩住我的頭。

比起從額頭逐漸蔓延的悶痛感，希望破滅的感覺更為強烈，讓我傻在原地。這是第一次被沒喝酒的爸爸暴力相向。

「我連享受飲酒的權利都沒有嗎？你的意思是，我要像你們的奴隸一樣只會賺錢嗎？」

爸爸不停飆罵，往我的頭和背部踩了又踩。

我覺得要馬上道歉。

只是動動嘴道歉也好，免得被揍得更慘，但這跟要我收回自己的心願一樣討厭。

維護這份弱小的自尊，我付出很大的代價。

爸爸用腳尖往我的心窩狠踹，我因為強烈的嘔吐感弓起身子。

「我有讓你們挨餓或沒錢用嗎？我可是完美履行了父母親的職責和社會人的義務，那我為什麼得被兒子如此苛責啊？」

爸爸唸了一句「我受不了了」就往冰箱走去。

我承認是我錯了。

我對壓抑至今的殺意如此辯解。

其實我沒有勇氣。

心裡某處還無法完全拋下對爸爸的期待和猶豫。我沒作好弄髒手的覺悟，也不想殺人。

所以才會依靠記憶模糊的母親的幻影，想用死人當藉口蒙混自己的感情。

但頭腦已經冷靜下來了。

身體漸漸失去知覺，感受不到疼痛。

此刻我終於能久違地深吸一口氣。

我緩緩起身。

「你為什麼要讓我痛苦，老是從我身邊搶走一切？」

爸爸將酒一飲而盡，哀嘆連連地走向我。

「如果沒生下你們就好了，她也不會——」

爸爸將手高舉過頭。

但因為我搶先一步揍了爸爸，他的拳頭揮空，沒打到任何東西。

爸爸頓時腳步踉蹌，可能沒想到會被打吧，一臉驚訝的樣子。

雖然一直裝作沒發現，但我已經是高中生了，體格完全不輸爸爸。當面互毆不會單方面挨揍，喝醉的人就更不用說了。

殺人並不難。

不必靠什麼殺人APP，更進一步地說，甚至連武器也不需要。徒手也能輕易傷害他人，這是喝醉的爸爸教會我的道理。

我又往爸爸臉上揍了一拳，他便應聲倒地。

爸爸怒吼道：「快住手！」聲音裡卻聽不見從前那種魄力。

我本以為這麼做會讓我更難受，沒想到心情慢慢好轉起來。

就像爸爸對我做的那樣，我也對蹲在地上的爸爸又踹又踢，將以往烙印在身上的暴力直接奉還。光是這麼做，我就清楚感受到威嚴和魄力正從爸爸身上一點一滴流失。

我渾然忘我地動腳踢踹，聽著極為刺耳的慘叫聲。

可是還不夠，爸爸還是非常恐怖。

在他失去威脅性之前，我都不能停手。

殺了他吧。

只有殺了他才能免於一死。

「你在做什麼！」

忽然有人衝上前制止我，為了保護自身安全，我也揍了那個人一拳。

發出痛苦悶哼的人正是弟弟。

可能覺得很痛吧，他搖搖晃晃地蹲在原地。

回過神才發現家裡變得慘不忍睹。
爸爸像毛毛蟲一樣蜷縮在地，弟弟也低垂著頭。
只有我呼吸急促地站在房間中央。
遠方傳來了警笛聲。
我看向窗戶，映在上頭的倒影根本就是禽獸。
現在的我跟爸爸一模一樣。
遇到不順心的事就想用暴力解決。
我不想變成這種人。
明明不想，卻又找不出其他方法。
我說了聲「對不起」當場癱坐下來，除此之外什麼也做不到。
警笛聲越來越接近了。
我到底該如何是好？
待會衝進來的那些人或許會給我一點方向吧，我如此盼望。

# 因為你很軟弱

rule　enter　delete

媽媽把我取名為「天使」。

每次她一喝醉就會笑著跟我說：「因為你出生的時候散發著聖光，看起來真的好像天使，所以你的名字就是天使喔。」

妹妹的名字則是「妖精」，似乎是因為嬌小可愛，看起來耀眼奪目才這樣取名的。雖然對媽媽有點不好意思，但其實很難啟齒。

「哥，好冷喔。」

「那該出發了。」

我盡可能讓妹妹妖精穿暖一些。因為是拿媽媽的圍巾和手套，尺寸不太合，但總比什麼都沒穿溫暖多了。我替四歲妹妹圍上大人用的圍巾，讓她變得跟雪人一樣臃腫。

出門前我留了一張字條給媽媽。

媽媽很愛操心，回到家發現我們不在一定會嚇壞吧，所以我把寫著「我們去圖書館，傍晚就會回家，不用擔心」的字條放在明顯的地方。

我不知道媽媽什麼時候回來。

有時是早上，有時是半夜，有時會天天準時回家，有時也會一個多禮拜沒回來。

我心想：不管她跟誰在一起，只要有好好吃飯就行，畢竟餓肚子感覺很悲傷。

走出公寓後，我牽著妹妹的手往圖書館走去。

早晨的陽光在路邊積雪上反射出耀眼光芒。雖然已經被上班上學人潮的腳印踩得硬邦邦，妹妹還是非常興奮。我緊緊抓著她的手，以免她滑倒。

我們走了五分鐘左右就抵達圖書館。這裡總是開著空調，夏天冬天都很舒適，而且還有很多書，妹妹也不會無聊。

「哥，待會見。」

「嗯，小心點喔。」

妹妹往兒童閱覽室走去。為了選自己要看的書，我也走上通往二樓的階梯。

圖書館基本上很安靜，總能聽見腳步聲和翻書聲，但偶爾也有不安靜的時候。

今天有個跟妹妹同齡的孩子抓著母親哭個不停，兒童閱覽室經常有孩子像這樣又哭又鬧。

這麼一想，就覺得妹妹妖精很乖巧。

我一直很煩惱該不該用「好孩子」這種詞來形容她。

妹妹聽話又懂事，確實讓我十分省心。

但如果妹妹因此壓抑自己，我會有些難受。

「常常看到你呢，你喜歡看書嗎？」

身邊忽然有個人這麼說，但我隔了一會才意識到那人在跟我說話。

找我攀談的是個陌生女子，她穿著圍裙，所以我知道她是圖書館管理員。

「欸，可以跟你聊聊嗎？」

雖然問得十分委婉，但她應該覺得我很可疑。

除了星期二休館日之外，我們每天都會來。雖然會暫時回家吃午飯，但我們會在這裡待到閉館為止，難怪會被盯上。

「跟妹妹一起就可以。」

這不是什麼必須隱瞞的重大祕密。

既然都被盯上了，就算避開這個人，也只會換其他人上前問話，那還不如早點解決。而且我總覺得這個人很溫柔。

「謝謝你，那我們去討論室吧。」

我把在一樓的妹妹叫過來後，和管理員一起走向討論室。

妹妹很怕生，所以一直躲在我背後避著管理員。

「對不起喔，不用害怕，我只是想跟你們聊聊。」

管理員相當和藹可親，但還是有點受傷。

「妳可以玩這個，乖乖在這邊待一會吧。」

我把媽媽以前用的手機拿給妹妹。雖然已經沒有通話功能，但圖書館可以連免費網路，還能充電，在這邊可以當玩具來玩。

接過手機後，妹妹就打開她喜歡的ＡＰＰ，可以收集五顏六色的小羊，我記得上

面寫的名字是「孤獨的羊」。因為是直接把媽媽以前用過的手機拿來玩，所以我不太清楚。

妹妹心情好轉後，我再次轉頭看向管理員。

和陌生大人說話讓我好緊張。

可能因為我的表情很僵吧，管理員語氣溫柔地說：

「那個，希望你不要誤會，來圖書館是一件好事唷，我也很開心，但想先確認一下你們的監護人知不知道這件事。」

「我有留字條，所以應該知道，雖然媽媽暫時不會回來。」

「啊……這樣啊。」

光聽我的解釋，管理員就發現某些端倪了吧。

還以為她會繼續追根究柢，幸好沒有，這樣我就不必說出自己沒上小學跟父不詳這些事了。雖然我無意隱瞞，但也不想主動提起。

後來管理員轉而聊起書的話題，問我們喜歡哪一類的書籍。

管理員的說話方式很溫柔，總是面帶微笑，感覺很好聊，所以我先跟她確認最重要的事。

「我們以後還能來這裡嗎？」

「當然可以，圖書館是開放給所有人使用的空間。」

「太好了。」

要是不能再來圖書館的話，妹妹就要在公寓裡受凍了。

家裡雖然也有暖氣，但媽媽不在家的時候，我會盡量不開。畢竟開暖氣很花錢，會讓媽媽傷透腦筋。

「有問題可以隨時找我商量喔，我會盡我所能幫忙。」

「姊姊，妳好熱心喔。」

「對不起喔，總覺得你跟我朋友好像，讓我放不下心。」

「那個人也常常待在圖書館嗎？」

「不是。」

管理員把音量降低，用只有我能聽見的聲音說：

「是我的高中同學，他以前會被爸爸家暴。明明每天都會跟他聊天，但我直到警方介入才發現這件事。」

「那個人怎麼樣了？死掉了嗎？」

「別擔心，他還活著。雖然經歷很多事，現在也在努力工作喔。之前我們還一起去釣河童呢。」

「河童？有釣到嗎？」

「完全釣不到，但是很好玩。啊，我還有拿到抓捕許可證喔，下次帶來給你

看。」

原來抓河童需要執照啊，雖然我在圖書館看了很多書，但似乎還有很多未知的領域。

「下次再聊吧，妹妹也是。」

離開時管理員揮揮手這麼說，我猜她是個很善良的人。

但我對現在的生活並無不滿，雖然覺得妹妹很可憐，但也僅限於媽媽不在的時候。

至少我不覺得不幸，這應該就算幸福吧。

入夜後。

跟妹妹睡同一張床的我，聽到公寓大門的吱嘎聲響醒了過來。但因為還很睏，我身體保持不動，只是微微睜開眼皮。

隨著冷空氣一起走進家門的正是媽媽。

媽媽出門時總是穿得漂漂亮亮，帶著精緻的妝容，假如回來時仍維持這麼美麗的姿態，表示她很開心。

但如果回來時髮型凌亂、妝也花了，通常都是傷心欲絕，一看就知道她跟心上人有爭執。

這種時候出聲關切的話，媽媽反而會顧慮我的感受，明明很難過卻說「我沒事」，所以我決定繼續裝睡。

媽媽像孩子一樣啜泣，放下閃亮亮的包包，脫下沉重大衣。她偶爾會用大拇指揉抹眼角，妝花了以後，眼睛周圍變得黑漆漆的。

我知道媽媽緩緩朝我走來，我還是閉著眼。

「對不起。」

我聽到媽媽用小到快要消失的聲音這麼說，也知道她輕輕往我身上壓。

她用手抓住我的脖子，長長的指甲嵌入皮膚。我快要不能呼吸，但還是勉強忍了下來。

比閉上眼時還要漆黑，如同深夜的幽暗逐漸將我吞噬。

但媽媽忽然放鬆力道，將我擁入懷中。

她哭著說對不起。

這是第幾次了呢？

媽媽只要一悲傷，就會像這樣帶我或妹妹一起去死。

但媽媽太軟弱，看到我露出痛苦的表情就會鬆手，淚如雨下地跟我道歉。

看媽媽這個樣子讓我很痛苦，所以我會盡可能裝出不難受的樣子，但還是很難。不管如何努力，被人掐著脖子還是很難受。

為了不讓媽媽發現，我發出寧靜深沉的呼吸，留在脖子上的指甲痕跡十分刺痛。

等哭累的媽媽就這樣昏睡過去後，我緩緩從床上鑽出來，妹妹似乎還沒醒。

替媽媽蓋上棉被後，我來到洗手臺照鏡子，發現手指的抓痕還清楚留在脖子上。但現在是冬天，可以藏在圍巾裡，真是萬幸。

媽媽發出微弱的呼吸聲，看到她臉上還有淚痕，我不禁悲從中來。

我從媽媽身上學到一件事：溫柔的人會活得很辛苦。

既然媽媽這麼辛苦，真希望她別把我生下來。

以前的男友知道媽媽懷孕後曾勸她不要生，但媽媽不願意，最後和男友分手了。

而且媽媽當時未成年，周遭的人都對她惡言相向，她跟父母吵架後離家出走，結果獨自把我生下來扶養長大。

換句話說，我的誕生讓媽媽變得不幸。

如果懷著我的時候選擇墮胎，媽媽就不會這麼辛苦了吧。這麼一想，讓我覺得好愧疚。

懷上妹妹時似乎也發生了一樣的事。

男友勸她不要生，媽媽卻堅決反對。比起會賺錢的男人，媽媽選擇了既花錢又費力的孩子。

跟自己的幸福相比，她把對我們的愛擺在第一順位。

這就是我們的媽媽。

從媽媽這些轉述來看，這個世界似乎有很多人不樂見孩子誕生。會為我和妹妹的誕生獻上祝福的人，就只有世上唯一的媽媽而已。

媽媽既軟弱又善良，被各種壞人利用，受盡傷害，無時無刻都在吃苦。

但善良的媽媽依然愛著我們，現在她也用盡全力在撫養我們，軟弱卻堅強。

儘管如此，媽媽偶爾還是會撐不住，想帶我們一起去死。因為一次也沒有成功，我們才能像這樣活到現在。

如果媽媽再自私或不負責任一點，就能活得更幸福。我試著想像後，就覺得她好可憐。

可是我好喜歡軟弱又善良的媽媽。媽媽捨不得丟下我們，我能做的也只有全力愛她。

但真的是如此嗎？

我又隔著鏡子看了自己一次，就看見毫無防備熟睡的媽媽。媽媽的脖子很細，好像稍微用點力就能輕易折斷。

對了，我想到一個好主意。

媽媽太可憐了，所以讓我替她完成吧。我雖然沒辦法讓媽媽幸福，至少能幫忙一起自殺。

因為我體內也流著拋棄媽媽的男人的血，所以一定能輕輕鬆鬆殺死全家人。

想到好主意的興奮感，讓我再無睡意。

早上醒來後發現媽媽回來的妹妹，開心地跳了起來，一早就黏著媽媽不放。

媽媽也說「今天一整天都不用工作」，決定待在家裡。她昨晚雖然很悲傷，今天早上似乎平復了些。

媽媽把圖書館借來的繪本讀給妹妹聽。這種書她一個人應該也能看，但在媽媽懷裡看書的感覺好像比較特別。

早上大家一起吃之前買的麵包，中午媽媽做了蛋包飯給我們吃，三個人一起吃飯感覺特別美味。

妹妹正在睡午覺，媽媽為了把她哄睡，結果也跟著睡著了。我把她們留在家裡獨自出門，並仔細圍上紅色圍巾，以免被別人發現脖子的傷痕。

外頭下著雪，吐出的氣息都變得雪白混濁。

我很久沒有一個人走在這條路上了，雖然有點寂寞，但偶爾有這種機會也不錯。

來到圖書館後，我先確認那位管理員在不在，卻沒看到當天來關心我們的那位別著「野村」名牌的管理員。她今天休假嗎？那這樣正好。

無論什麼樣的知識，只要用心找都找得到，這就是圖書館的優點，不管是自殺或屍體都能找到相關資訊。

媽媽是個大美女，所以我想讓她盡量死得好看些，如果死狀悽慘未免太可憐了，而且也不能死得太痛苦。

在我調查的範圍內，我認為製造有毒氣體這方法不錯。與其搜尋自殺或全家殉死的方法，參考實際發生過的事故或案件紀錄更淺顯易懂。

我覺得越早執行越好，於是從圖書館回家的路上去了一趟大賣場。

我用媽媽給我當成生活費的錢包買齊了必需品。雖然媽媽教我不能亂花錢，但死了應該也用不到錢，所以沒關係。

為了隱瞞這件事，我順便買了晚餐食材。我也多少會做一點料理，但還是贏不過媽媽做的蛋包飯。

「哥，你回來啦。」

「天使，你去哪了？我很擔心耶。」

醒來的媽媽和妹妹溫柔地迎接我回家，光是這樣就足以讓我忘卻外頭的寒冷與黑暗。

「我只是去買晚餐的材料。」

「對不起喔，天使，老是讓你這麼辛苦。」

媽媽總把抱歉掛在嘴邊，我又沒做什麼需要她道歉的事。

最後的晚餐也順利完成了。

媽媽和妹妹都直呼好吃，津津有味地吃著我做的燉菜。

媽媽喝著之前買的酒，又笑著說起我跟妹妹的取名由來，以及過去遭遇多麼悲慘，說著說著就睡著了。妹妹吃飽後也馬上進入夢鄉。

從頭到尾只有我還清醒。

無眠的夜晚漫長又無趣，唯獨此刻是我的一大助力。

我盡可能靜悄悄地著手準備，將製造有毒氣體的材料備齊，再來只要用膠帶封住窗戶和通風口，以免氣體外漏。

「哥……？」

準備到一半時，床上忽然傳來聲音嚇了我一跳。只見妹妹坐起身子。

「抱歉，吵到妳了？」

「沒有，我要去廁所。」

太好了，廁所還沒用膠帶封住，睡迷糊的妹妹應該不會起疑。

妹妹上完廁所回到床上後，我摸摸她的頭，握著她的手直到她入睡。

「哥，今天好開心喔，媽媽做的蛋包飯好好吃。」

「嗯。」

「下次想跟你們出去玩，還想三個人一起看煙火。」

「是啊。」

我摸著她柔軟的髮絲附和道，妹妹很快又睡著了。

在這靜謐的夜晚，兩人的呼吸聲聽起來格外舒服。我悄悄鬆開妹妹的手，再次拿起膠帶展開作業，同時想著妹妹剛才說的話。

煙火。

我只有親眼看過一次巨大的煙火，當時還十分酷熱。

媽媽化了漂亮的妝，約我們「一起去參加祭典」，三人便搭著電車出門。因為機會難得，我跟妹妹都非常興奮，媽媽牽著我們的手笑得好溫柔。

在祭典攤販逛了一圈後，媽媽牽著我跟妹妹走上懸崖。我記得當時媽媽說「這裡是能清楚看見煙火的祕密景點」。

我們想盡辦法在崎嶇難走的路上前進，終於抵達懸崖最高處。

來到這裡雖然辛苦，卻看見了美麗的煙火。

我跟妹妹開心地喊著「好厲害好厲害」，看著美麗煙火的媽媽卻淚流滿面。起初我以為她是被巨大聲響嚇哭了，但事實並非如此。

後來我才知道，那個懸崖峭壁是知名的自殺聖地，我偶然在圖書館看到的書上是這麼寫的。

那天媽媽本想帶著我和妹妹一起跳崖。
可是我們只顧著看煙火，導致自殺以失敗告終，所以媽媽才會哭吧。
回想著那段夏日往事的同時，我也完成了事前準備。
再來只要混合清潔劑就好。
我在廚房拆清潔劑的包裝時，瞥見流理臺的三角架，裡頭放著蛋殼。
蛋包飯真的很好吃，如果還有機會，我好想再吃一次。
妹妹很喜歡煙火，要是能讓她再看一次該有多好。
越是這樣想，我的手就越加顫抖，完全打不開清潔劑的蓋子，手指漸漸沒了力氣。
我對自己的軟弱感到震驚。
這樣就跟媽媽一樣，在關鍵時刻總踏不出下一步。
但因為今天真的好幸福。
因為妹妹還對未來充滿希望。
因為媽媽還沒得到幸福。
所以我才沒有勇氣拉全家一起自殺。
我從來不知道自己這麼軟弱。
我果然是媽媽的孩子。

這個事實讓我既開心又悲傷，直接癱坐在地發呆到早上。

隔天早上。

媽媽出門去超市打零工後，我跟妹妹一起去圖書館。

我像平常一樣跟妹妹在一樓分開，那位管理員馬上就來找我攀談。

「早安，今天也很冷呢。」

她面帶微笑地這麼說，我也跟著笑了起來。

「你最近在看什麼書呀？」

我覺得還是別把自己在調查自殺的事情說出來比較好，所以回答在看附近書櫃裡的那些書，企圖掩蓋事實。

「啊，那些我以前也看過，是有點恐怖的故事呢。但請你一定要看到最後，你一定會愛上那些書。」

管理員用手指滑過書櫃裡那些書的書背。

「書一定要看到最後才知道結局如何，這一點很棒吧。分隔兩地的王子和公主，最後或許會奇蹟般地結為連理。邪惡國王可能會洗心革面，被排擠的魔女可能會交到朋友。」

「但也不一定都是完美結局啊。」

「那也得看到最後才知道啊，你不這麼認為嗎？就算過程很恐怖，痛苦的遭遇接二連三，可能也會出現大逆轉變成完美結局啊。所以如果每個故事都看到一半就放棄的話，真的很可惜耶。」

我也認同管理員說的這番話。

故事進展如何，要翻開下一頁才能知曉。這麼簡單的道理，以前我竟然都沒發現。

我始終深信維持現在的生活就足夠了。

但嘗試過自殺無數次的現狀，果然還是不太正常。

我想起媽媽曾膽怯地說「政府機關的人很可怕」。

現在的我毫無能力可言，只能尋求他人幫助。

可是這樣一來，我跟妹妹或許再也不能跟媽媽一起生活，兄妹倆可能也會分隔兩地。

但就算不能一起生活，還是活著比較好。

只要還活著，故事就能繼續。

或許就能盼到再次團聚的那一天。

所以我做了自己唯一能做的事。

「請救救我媽媽。」

一低下頭，眼淚就奪眶而出。

如果我更有能力的話，或許就有其他方法了。

「——別擔心，已經沒事了。」

管理員輕輕撫摸我的背，我的眼淚卻停不下來。

抱歉給各位添麻煩了

rule　enter　delete

NEMURENAI YORU HA
HITSUJI WO SAGASHITE

總給別人添麻煩的人沒有生存價值。

既然如此——我就該死。

我滿腦子都是自我厭惡的念頭，在車站等電車的期間一直想著這件事，連我自己都數不清一天下來說過幾次「真的很抱歉」和「對不起」了。

我在等末班車的人潮中不斷反思自己的失敗，心情十分沉重。

明天又得去那個職場，那個讓我老是挨罵、被丟東西、受盡嘲笑，連努力做出的成果都不被認同的地方。

我好累。

好想休息。

什麼都不想思考。

月臺傳來廣播，通知電車即將進站。

我衝動地往前踏出一步。

只要從這裡跳下去，所有問題都會消失，至少可以不用再去那個地方了。非常簡單，只要心一橫踏出去就行了。

可是等一下，要是我跳出去撞電車，電車當然會停駛，那就會給原本要搭車的許多人添麻煩。

視情況而定，我也聽說過有人被求償電車停駛的損失。如果真有此事，這樣死

了以後也會給旁人添麻煩，那可不行。
我用力踩穩腳尖，在最後一刻打消念頭。
既然都要死，就該盡其所能不造成他人困擾，這或許是自殺者該具備的最低限度的矜持。
「對不起。」
走進電車時，我再度道歉。
回到家後，離下次的上班時間只剩短短幾小時了。
我好睏。
連更衣、卸妝和洗澡都懶得做。
我在玄關脫下高跟鞋，同時把包包扔在地上，隨隨便便脫掉衣服後，往在房裡等我的床鋪一步一步走去。垃圾和沒洗的衣服在腳邊散亂一地，但我現在沒力氣也沒時間整理。
將綁好的頭髮鬆開，連內衣褲都脫個精光，最後將臉上的眼鏡摘下後，我抓著眼鏡直接撲在床上。
要盡量休息久一點，就必須早點入睡，但我越想越睡不著。
我輾轉反側，早晨逐步逼近，可我依舊難眠。

彷彿被明天要挾般的時間繼續流逝，讓我心跳加速。強迫自己閉上雙眼，卻又想起公司發生的事，使我難以喘息。

我為什麼老是給別人添麻煩？連自己都覺得可悲至極。

結果今天的我依然心存懊悔，度過了一個無眠的夜晚。

一早我就被響個不停的手機通知聲嚇得彈起身子。

我急忙確認，生怕是工作上的聯絡，結果是媽媽傳來的，我才鬆了口氣。媽媽傳的訊息通常沒有急迫性，我勉為其難地確認內容，結果跟平常沒什麼兩樣。

比如工作順不順利，有考慮結婚嗎，鄰居某某某家裡生了第二個孫子，某某某的女兒得了什麼大獎。

最後補上一句「拜託妳振作點」。我已經好幾個月沒認真回覆了。

媽媽從以前就很愛把「真丟臉」這句話掛在嘴邊。

她的所有評價都會歸結成「丟不丟臉」這個標準。

我無意歸咎於此，但我對於「被別人嘲笑」這件事到了過度敏感的程度。

為了逃離媽媽的監控，也想證明自己一個人也能過得很好，我離開老家選擇就職。

但現在的我毫無出息，展開獨立生活後，我才發現媽媽每天都把家事做得盡善

盡美，我就只會上班下班。

上班讓我好憂鬱，乾脆辭職算了。

可是如今這個時代，如果在大學畢業就進入的公司中途辭職，未必能順利找到下個東家。沒工作也會失去經濟來源，根本活不下去。

但我也沒辦法回老家，因為太丟臉了，連老家寄錢或東西來的時候都覺得可恥。

一無是處的我，或許該從這個世上消失。

我衝動地走進廚房。

難得買了一整套，卻因為沒時間完全沒用過的廚具整齊地排成一排，其中也有菜刀，於是我拿起菜刀反握。

要生存就得工作，也需要花錢。

但死了就能一了百了。

我可以不再痛苦，不會給別人添麻煩，喪葬費用應該也能用存款解決。

我將手上的菜刀抵在胸口準備施力，卻忽然想到一件事。

我現在的住處是承租物件，只要我在這個家裡死了，不管是用什麼方式了斷都會給房東帶來困擾，房仲也一樣，鄰居的心情也會很差吧。

我對這個社會毫無貢獻，雖然很丟臉，但這是事實。

無法提供貢獻的人，至少該努力讓自己不扯後腿。

我緩緩將手上的菜刀放回原位。
但心中浮現的尋死決心卻無法輕易消除。
至少在最後一刻不要給別人添麻煩，完美收場吧。
於是我開始擬定殺死自己的計畫。

真不可思議，決定尋死之後，我每天都過得神采奕奕。
因為馬上就要死了，不管在公司被罵得多慘我都不介意。反正都要死了，睡眠時間變得不再必須，我也越來越不在乎媽媽的反應。
以死為目標後，任何事都不會再折磨我了。
只要一有時間，我就會在網路上收集各式各樣的情報。
第一個該決定的是如何殺死自己。
比如痛不痛苦、準備的步驟等等，有很多選擇的基準。
我最重視的是後續處理的部分。如果用太誇張的方式死亡，我死後就會給他人添麻煩。
網路上有值得信賴的情報，也潛藏著怎麼看都很詭異的情報。
其中勾起我好奇心的是「孤獨的羊」這個占卜ＡＰＰ的傳聞。

聽說這個APP裡有個黑羊角色，可以實現所有願望。

我學生時代也常用「孤獨的羊」。

網路上的情報指出，長時間開著比較容易找到黑羊，於是我持續開著APP尋找黑羊。

沒想到找到第五天，黑羊就直接出現了。當時我心想反正也睡不著，乾脆花一整個晚上來找，或許是這個方法奏效了。

在APP上找到黑羊後會跳出填寫願望的輸入欄，由於沒有字數限制，我盡可能地寫得十分詳細。

包含自己的現狀、煩惱、為什麼決定自殺，想到什麼就寫什麼，最後輸入最重要的一句話。

「我想用不會給別人添麻煩的方式死亡。」

我對黑羊提出如此要求，但APP過了一週都沒有反應。

看來傳聞就只是傳聞。

我還是得靠自己想出自殺的方法。

除了手段以外，地點也是自殺需要考量的相關問題。

總不能在眾目睽睽之下自殺。有沒有忽然出現屍體也不會造成他人困擾的地方呢？

我利用通勤時間挑選了幾個地點。

空地、廢棄大樓、垃圾場。

不行，每個地方都有地主，不能給那些人添麻煩。

我想起之前在網路上看過自殺的首選是公園。公園的所有權基本上屬於縣市、國家或公務機關，不會造成個人的困擾，如果早點被發現，後續處理應該也不會太麻煩。

我從公司窗戶往下看著附近的公園。

可能因為是白天吧，有一些爸媽帶著小孩來玩，看起來很開心。

如果我死在那裡，那些孩子就失去玩耍的地方了，他們應該不想在有人死掉的公園玩吧。果然還是不適合。

所以我的自殺計畫又觸礁了。

我想盡量選個不會造成他人麻煩的方法和地點自殺。

難度似乎比想像中還要高，要自殺也不容易。

但畢竟都是最後了。

我還是該追求完美的自殺方式，不能有任何妥協。

我遞了辭呈。

結束兩個禮拜的交接工作後，我就要死了。

這段時間我也完成了自殺的事前準備。

我先依序處理掉手邊的東西，這種時候二手拍賣ＡＰＰ就很方便，只要拍照上架就會有人下標。

我用這些錢買了品質好一點的衣服。

用昂貴的化妝品打扮自己，買了學生時期嚮往的品牌鞋款，最後還預約去髮廊染頭髮。

我想選工作時絕對不能染的髮色，設計師就幫我染了超級亮眼的粉紅色。第一次染髮讓我有些不安，但看到成果後心情很好。

我的強項就是朝一個目標不斷努力。

我從小就學會這種生存方式，為了考一百分，為了考上好學校，也為了進好公司上班。

如果有人替我訂下簡單易懂的目標，我就能努力完成。

遵從他人指示至少不會覺得丟臉，做錯事我也不必負責，因為是下指示的那個人的責任。只是聽話照辦的我並沒有錯，可以用這個藉口開脫。

但我在上班地點找不到這種目標，需要自己動腦、要求行動力的機會越來越

多。爸媽只會要我「振作一點」，公司也總是逼我自己思考。

我不擅長自己作決定，因為失敗會很丟臉，做錯事也得獨自扛下所有責任。

但現在已經不一樣了。

反正都要死了，就算受盡嘲笑也只要咬牙忍過就好。因為我可以做自己喜歡的打扮，可以選擇自己決定的手段。

我無法將「活到明天」當成目標。

但「明天赴死」卻成了我的心靈支柱。

沒想到光是決定要自殺，每天就能過得如此充實。

自殺當天。

我認為天氣晴朗的日子很適合自殺，冷天又比熱天好，總之我的結論是：舒適晴朗的天氣是最適合自殺的好日子。

我換上這輩子最美麗的裝扮，離開再也不會回來的家。

我帶著通勤時無法體會的爽快感走過城鎮，隨著和以往不同路線的電車搖晃約兩個小時，在海邊的無人車站下車。

我被海風氣味和拍浪聲吸引，緩緩朝沿海的懸崖走去，展開人生最後的散步時

光。途中豎立了好幾道告示牌，全都是奉勸不要自殺的警語。

最後我決定仿效前人選擇最保險的方法。

從以前就有很多人在這裡跳崖自盡，還被冠上「自殺聖地」的名號。諷刺的是，豎立在這裡的告示牌足以證明這裡最近依然很多人自殺。

如果是這種地方，找到我的人應該也作好某種程度的心理準備，並將我視為眾多自殺者之一來處理。

我的結論是，湮沒在無名的泛泛之輩當中，是最不會給別人添麻煩的死法。既然有其他跟我一樣的人，我也無須羞恥。

而且這裡很美。

雖然有路途崎嶇難行這個問題，但景色相當美，周遭沒有高聳建築，感覺天空高遠又遼闊。

今天是萬里無雲的大晴天，冰涼海風讓人心曠神怡。

眼前一望無際，我已經多久沒看到水平線了呢？

十足的開放感讓我不禁張開雙臂，心情甚至好到想哼歌。

所以發現眼前有東西在動時讓我大驚失色，忍不住發出慘叫聲。

「啊啊，抱歉嚇到妳了，我在拍海的照片。」

在懸崖旁站起身的是一名少年，看起來還是國中生。他原本似乎蹲在懸崖附

近，手上也確實握著手機。

「這裡風景很漂亮，我偶爾會來拍照。」

少年這話有點像藉口，我則耗盡全力用尷尬的微笑回答「這樣啊」。

「啊，我當然不是要跳崖喔，是跟朋友一起來的，拍完照我就得馬上回去了。」

看來少年真的是來拍照。

太好了，如果連這種少年都想自殺，這個世界未免太悲慘了。

安心感與好奇心促使我繼續和他對話。

「什麼樣的照片？」

「這附近每年夏天都會舉行祭典，屆時會在海上放煙火，在這裡可以看得非常清楚，真的很漂亮。所以我想把這裡看到的天空和海景照傳給媽媽和妹妹。」

我對自己的大意感到後悔。

這裡對大部分的人而言是自殺聖地，卻也是這孩子無可取代的回憶景點。如果有人在這裡自殺，這孩子會怎麼想呢？一定會造成他的困擾吧。

但我先前的準備就是為了今天來這裡尋死，事到如今也無法停手。

該怎麼辦才好？

正當我內心糾結想不到答案時，少年忽然拋出一個驚人的問題。

「大姊姊，妳是來這裡自殺的嗎？」

我對這超乎預期的問題啞口無言，少年卻若無其事繼續說道：

「會打扮得漂漂亮亮來這種地方，我一看就知道了，因為我媽媽尋短的時候都會裝扮自己。」

少年用雙手揉揉脖子上的紅色圍巾調整位置。

「我也知道這裡是自殺聖地，所以別擔心，我不會阻止妳。」

「但我在這裡自殺不會造成你的困擾嗎？這裡對你來說是擁有珍貴回憶的地方吧？」

「是沒錯啦……」

少年吞吞吐吐似乎有些困惑，隨後又勾起一抹微笑。

「完全不在乎周遭觀感的人才會選擇自殺，像大姊姊這種在乎旁人心情的人，可能不太適合吧。」

「但我活著只會給別人添麻煩……所以至少死的時候不要造成他人困擾，我想認真做到這一點。」

「這樣啊，但我覺得死時不給他人添麻煩，跟活著不給他人添麻煩一樣困難。」

少年將手機收進口袋，對我微微低頭致意。

「一直打擾妳也不太好，那我先走了。要妳『留意腳邊』好像也怪怪的。」
少年踏著謹慎的步伐走過我身邊時，忽然停下來說：
「啊，對了，如果妳改變心意，明年夏天可以來看看煙火，在這裡看真的非常漂亮。」
說了「再見」後，少年這次真的離開了。
終於如願變成自己一個人後，我聽從少年的忠告往海的方向走去，也小心不讓自己摔倒。
我從懸崖邊往腳下看，海浪在遙遠的下方拍岸，激出劇烈聲響後碎散成白色飛沫。尖銳的岩石堆張大嘴在下面等著，看上去就像怪物的巨顎。
我轉頭往後看，崎嶇難行的岩石堆後方那條通往陌生城鎮的道路彷彿迷宮，不知另一頭藏著什麼，感覺有點恐怖。
還是死了比較好。
雖然會給最低限度的人添麻煩，我還是該完成這件事。如今就算回頭，我既沒工作又不能回老家，積蓄也幾乎掏空，根本沒有活下去的目標。
但我還能回頭。
既然都要添麻煩，也可以像少年說的那樣繼續活著。我現在雖然沒有任何貢獻，往後說不定有能力為某人帶來幸福。與其現在死在這裡，繼續活著或許不會再給

別人添麻煩。

因為想不出答案，我始終無法決定該前進或後退。

索性交給其他人作決定好了。

父母、陌生人，誰都可以。

那個人要我去死，我馬上就會跳下去，要我繼續活著，我就會回頭。我一個人哪裡也不能去。

所以不管是誰都好，拜託來替我作決定吧。

這時傳出一陣微弱聲響，讓我渾身為之顫抖。

原來是我的胃在喊餓，咕嚕咕嚕叫了起來。

這麼說來，今天還沒吃東西呢。看來這種時候也會肚子餓。

我覺得很好笑，不禁輕笑出聲。

於是我往自己認定是前方的方向緩緩踏出一步。

# 能對話卻無法溝通

rule enter delete

NEMURENAI YORU HA
HITSUJI WO SAGASHITE

喬納森是一隻公鸚鵡，跟最喜歡的姊姊一起生活。

姊姊在公司上班，所以白天不在家，太陽下山後總是一臉疲憊地回來。

「我回來了，喬納森。」

「好想吃甜甜圈。」

喬納森會模仿姊姊說的話，這是牠竭盡所能的愛情表現。喜歡妳、好愛妳，好擔心妳，平常牠總滿懷這些思緒模仿姊姊說的話。

「你怎麼老記一些奇怪的話。」

喬納森模仿姊姊的聲音後，她都會露出開心的表情，所以喬納森認為她應該有感受到自己的愛情。

「欸，喬納森，到底該怎麼交朋友啊？」

姊姊下班回家後，會把喬納森當成聊天對象發牢騷。

喬納森雖然聽不懂話中含義，卻喜歡聽姊姊的聲音。

「我是為了求職才從老家搬出來，卻覺得現在活著真的只為了工作。我在這裡沒有朋友，也交不到男朋友。」

「好帥，喬納森。喬納森，你好帥。」

「嗯，是啊，喬納森真的很帥，永遠這麼瀟灑挺拔，又善於聆聽，當鸚鵡實在太可惜了。」

姊姊拿起手機，但沒有收到新訊息。

「最近也可以用ＡＰＰ或ＳＮＳ跟別人交流，但感覺好可怕喔，我不想跟看不見臉的人互動，所以光用ＡＰＰ占卜就累死我了。這樣哪交得到朋友啊。」

「不想去上班，好不想上班喔～」

喬納森繼續模仿姊姊說話，姊姊則用手指操作平常會用的ＡＰＰ，一邊跟喬納森說話。

手機螢幕上出現小羊替姊姊占卜明日運勢，上面寫的內容感覺不錯，姊姊卻不開心。

「可是啊，跟職場同事聊工作以外的話題，萬一嚇到他們怎麼辦？這麼一想，才發現我跟看得到臉的人也無法好好交流。小時候明明可以毫無顧忌地交到新朋友啊，真是奇怪。」

「這個體重計壞了，體重計絕對壞了。」

「好想找人炫耀喬納森喔，卻連聊這種話題的對象都沒有。」

平常喬納森一開口，姊姊就會打起精神。

但今天姊姊還是愁容滿面。

自己充滿愛的言語也無法替姊姊加油打氣，讓喬納森大驚失色。

「明明很寂寞，我卻因為膽小不敢主動伸出手。我很沒用吧，喬納森。」

姊姊用低沉的嗓音咕噥道，沒說晚安就睡著了。

喬納森對心愛的姊姊十分擔憂，始終毫無睏意。

隔天早上，姊姊還是有氣無力的。

「那我出門囉，喬納森。」

「甜甜圈，喬納森喜歡甜甜圈～」

平常姊姊會回答「你又不能吃」，今天可能是因為心情沮喪，什麼都沒說就走出玄關了。

喬納森是鸚鵡，不懂姊姊的語言和心情，但她反常的模樣讓喬納森很擔心。

因為太擔心了，喬納森決定追在出門的姊姊後面。

平常姊姊不在家的時候，喬納森就負責看家，但今天是緊急狀況，不能繼續待在家裡。

話雖如此，喬納森被關在鳥籠裡，只有姊姊打掃鳥籠的時候才能在房裡自由飛翔，現在沒辦法。

但這點小事稱不上阻礙，喬納森心中燃起熊熊烈火。

喬納森先瞄準姊姊平常打開的位置，試著用鳥喙啃咬鳥籠。

反覆啃咬一段時間後，鳥籠一部分忽然用力往外倒。雖然被這聲巨響嚇了一跳，卻可以飛到外面了。

順利離開鳥籠的喬納森，正準備往姊姊離開的那扇門飛過去。

但此時牠忽然感覺到背後有風吹拂而來。

喬納森回頭一看，發現窗戶開了個小縫，姊姊忘記關窗就出門了。

姊姊出門前總會記得檢查門窗和瓦斯開關，看來今天心情真的很低落吧。

但對喬納森來說是個大好機會。

在柔和春風的引導下，喬納森飛向外面的世界。燦爛的陽光和各式各樣的聲音，都在祝福喬納森這段勇敢的旅途。

喬納森的視野很廣，視力極佳，頭也可以不停轉動。只要有這些能力和優秀的翅膀，一下子就能找到姊姊。

喬納森轉眼間就找到走在路上的姊姊了。旁邊雖然有其他人，但在喬納森眼中，姊姊永遠都是世上最美的人。

喬納森一直追在姊姊身後，偶爾會在行道樹上讓翅膀休息。

喬納森對外界一無所知，但猜測姊姊無精打采的原因肯定是有敵人出現，牠也想不到其他沮喪的理由。

喬納森心想：姊姊一定是被心腸歹毒的大鳥欺負了。只要自己打敗那個敵人，

姊姊就能打起精神。

那姊姊的敵人在哪裡呢？

喬納森雖然不強，但為了守護寶貴的事物就能鼓起勇氣戰鬥。牠會對敵人猛啄、啃咬、撓抓、狠狠打倒。想像敵人的模樣讓牠有些恐懼，但為了姊姊牠可以忍。

可能是因為滿腦子都在想這些事吧。

結果一不留神就跟丟姊姊了，喬納森陷入混亂。

說不定姊姊被風吹到某個遙遠的地方，喬納森對此憂心忡忡。

姊姊可能沒辦法靠自己的力量回來，我還是得去拯救姊姊。

喬納森勇敢張開雙翼再次飛翔。

「啊，是鸚鵡耶。」

「咦？這裡怎麼會有鸚鵡？」

「好可愛唷，過來這邊。」

發現喬納森的路上行人紛紛對牠喊話。

喬納森卻毫不在乎，牠可是用情專一的鸚鵡，只會為心愛的姊姊獻出聲音。

連如此專情的喬納森都找不到姊姊的蹤影。

出發時還掛在東方天際的太陽，此刻卻從正上方照射下來，喬納森也不禁感到疲憊。

就算有雄心壯志，喬納森基本上還是活在籠裡的鳥，體力十分虛弱。牠覺得又渴又餓。

可能是疲憊導致鬆懈了吧。

下一秒，方才還看得見的天空頓時消失無蹤。

看樣子是被某種大袋子蓋住了。喬納森拚命鼓動翅膀抵抗，卻只換來羽毛掉落的下場，完全束手無策。

喬納森可能再也見不到姊姊了。

意識到這一點後，喬納森感到傷心欲絕。

至少在最後使盡全力將自己的愛傳達出去吧。

就算再也見不到面，往後不能陪在她身邊，也得想辦法告訴姊姊，我永遠都將她放在心上。

「好想吃甜甜圈。」

「鼻子過敏好難受喔。」

「晚安，喬納森。」

喬納森用姊姊教會自己的眾多話語喊出自己的愛，便頹喪地低下頭。

到底過了多長時間呢？

喬納森忽然被釋放，還被輕柔地放回住慣的鳥籠當中。

「太好了，喬納森。」

抬頭一看，只見心愛的姊姊正在哭泣。

喬納森還沒搞清楚狀況。

姊姊連同鳥籠一起抱緊喬納森，感動得渾身顫抖，一會才回過神來向身旁的陌生女性不停道謝。那名女性的頭髮是讓人眼睛為之一亮的閃耀粉紅色。

被姊姊道謝的女性拿著束口袋，看來是這個人將喬納森帶回姊姊身邊。

「真是的，喬納森，你把我嚇死了。」

粉紅色頭髮的女性離開後，姊姊重新看向喬納森。

其實姊姊是去搭地鐵通勤。

所以她走下樓梯往地底下的車站走，這就是喬納森跟丟姊姊的原因。

可是姊姊在車站發現自己忘了帶東西，暫時回家一趟。

那時候才發現喬納森不見了。

「我慌得不得了，把附近的人都抓著問了一遍。今天我完全不怕跟陌生人搭話，因為找不到喬納森更恐怖。」

結果是剛剛那名在附近雜貨店工作的女性找到了喬納森。

「但幸好大部分的人都很親切，看來不是所有陌生人都很可怕呢，剛剛那個人也說想再看看喬納森，說不定可以跟她當朋友喔。這也是喬納森的功勞。」

來到漫長的話題尾聲時，姊姊用指尖輕觸喬納森。

「看到你平安回家，我好高興喔，喬納森。不准再隨便亂跑囉。」

喬納森聽不懂姊姊說的話，但姊姊今天似乎很開心，精神也比今天早上好多了。

這一定是自己勇敢冒險的功勞，喬納森驕傲地這麼想。

所以喬納森今天也要明確地向她示愛。

「好想吃甜甜圈。」

# 撕下自己的臉

rule enter delete

NEMURENAI YORU HA
HITSUJI WO SAGASHITE

我總是在壓抑自己。

媽媽總說「因為妳太醜了」。

從我懂事以來就經常聽見，即便我現在已經長大成人，媽媽還是會拿這句話當開場白。

媽媽確實很美，小時候每逢家長參觀日都會引起話題，如今也擁有不像五十幾歲的美貌。

相對地，我卻完全沒遺傳到這份基因。

鼻子沒有媽媽那麼高挺，手指又短，沒有深邃的雙眼皮，也一直沒長高。

或許是很擔心我吧，從小媽媽就對我做的任何事都有意見。

來往的朋友、就讀的學校、身上的衣服、使用的文具、看過的節目、閱讀的書本、吃進嘴裡的食物、要走的路等等。我所接觸的一切，都得順利通過媽媽的超厚濾鏡才行。

外食對身體不好所以不行，看動畫會變幼稚所以不行，流行音樂只是噪音所以不行，小說有性暗示或殘酷情節所以不行，看漫畫成績會退步所以不行。

在這種環境下長大的我從來沒吃過外食，電視只看新聞或紀錄片，書也只能看紀實類作品。

我很晚才覺得這樣不太對勁，那是在上國中之後。

我總是跟同學聊不來，這才發現家裡管得特別嚴。

我對媽媽大吼「只有我們家才有這些奇怪的規矩」，這大概是我第一次進入叛逆期吧。

結果媽媽哭了。我們是單親家庭，媽媽總是不眠不休地工作養育我，她哭著說為什麼自己非得被女兒如此否定。

她平常是態度堅決的嚴厲母親，被我頂嘴卻會馬上掉眼淚。不管對方是誰，惹哭別人都會讓我尷尬不已，父母就更不用說了。

我不討厭媽媽。每次聽到她說「因為妳很醜」、行動受限的時候，我當然很受傷，忍著不做想做的事也很痛苦。

儘管如此，媽媽還是很特別。

一個人生下我，不但是個稱職的護理師，還靠這份工作養育孩子。

我的食衣住行花費從來不缺，她還幫我出私立學校的高額學費。媽媽雖然會哭會生氣，卻從來沒有出手打我。

因為她奉獻到這種地步，所以只要我不照她的意思做，她就會悲痛欲絕。

媽媽似乎覺得自己是世上最不幸的人。

她認為身邊的一切都將沒道理的事強加給她，逼她接受不平等的待遇，讓她綁手綁腳。她永遠都沒有錯，始終都是被害者。

自從看到媽媽流淚的那天起，我就不再違抗她的教誨了。只要媽媽說不准來往，我就跟朋友斷交；保持名列前茅的成績，放學後也馬上回家不會亂跑，繼續過著她要求的模範生活。

我快要喘不過氣了。

跟媽媽相處時，我就像呼吸停止了似的，壓抑自己的思緒和情感，謹慎挑選不讓媽媽生氣的言詞與態度。比起讓辛苦付出的媽媽流淚，還是壓抑自己比較好，媽媽也希望我這麼做。

如今我也變成大學生了。

現在我能擁有的自由權利，跟小時候沒什麼兩樣。

大學不准加入社團，當然也不能參加研究小組的聚餐。

她付這麼昂貴的學費是為了供我讀書，自然不必在乎其他事。媽媽的主張一定是正確的吧。

所以我在大學總是獨來獨往，起初會熱情找我攀談的人也對難相處的我舉手投降，一個個離開了。感覺我的大學生活，就是將過去在學校反覆經歷的過程再次重播。

我在大學講堂角落打開課本，等教授進教室。

即使我不想聽，也會聽見教室裡的人聊天的內容。

其中讓我感興趣的是某個APP的傳聞，那個占卜APP似乎能實現所有願望。

以前的我和現在的我還是有一點點不同，那就是可以用手機了。為了做報告，我還是有創立SNS帳號。

使用上當然也有限制，我只能在外面自由使用手機，回到家就必須還給媽媽。我沒有設密碼，內容也會被媽媽再三確認。

我躲在課本後頭操作手機，下載了大家都在討論的占卜APP「孤獨的羊」。因為沒有時間，我隨意略讀APP的使用規範後就開始使用。基本上就是小羊提供每日運勢占卜的APP，但讓我好奇的不是這件事。

聽說深夜長時間開著APP，就會出現幫你實現所有願望的黑羊。

今天正好輪到媽媽值夜班。

所以回到家傳訊通知媽媽我已經馬上到家後，我就讓「孤獨的羊」繼續開著。

我一定是瘋了才會相信那種傳聞。

但期待感讓我莫名興奮得睡不著覺。反正睡不著也只能玩APP，我用這個藉口說服自己。

我盯著畫面看，雖然在眾多白羊中會出現其他顏色的羊，但除了白羊以外，其他顏色的羊都不是成群出現，只有單一個體。這或許就是APP取名為「孤獨的羊」的原因。就算有這麼多羊，彼此的感情似乎也不太好。

就這樣過了凌晨十二點，黑羊終於現身了。抓到那隻特別的羊，就真的跳出輸入願望的欄位。心中的期盼如願的興奮感，讓我難以抑制飛快的心跳。

如果真能實現任何願望，那我肯定只會歸結出一個心願。

我在ＡＰＰ輸入「不想再壓抑自己」，又補上一句「哪怕只有一下下也好，好想成為其他人」。

不需要一輩子這麼長的時間。

時間很短也無所謂，我想忘記過去的自己和媽媽，感受沒有任何限制的時光。

想靠自己的意志為自己作決定。

這樣一來，熟悉的景色也會變得截然不同吧。

這個願望當然很不合理。就算傳聞屬實，能實現的願望應該也有限。

誰都無法改變一個人的成長過程。

實際找到黑羊並輸入願望後，我的興奮感也逐漸平息，心情頓時冷靜下來，還後悔自己把時間浪費在不切實際的東西上。

但我還是抱著一絲期待，最後並沒有刪除ＡＰＰ。

被媽媽發現的話，就說那是媒體研究課需要用到的ＡＰＰ吧，我也沒說謊。

隔天ＡＰＰ居然有了反應。

「黑羊已經完成您的心願。」

隨著這個通知一同出現的黑羊，帶來一張寫有「本日幸運地點」的地圖。

我雖然很想去，但自由時間不多。既不能蹺課，放學後也得馬上回家。

這個時候，教授因為臨時有事停了一堂課。

必須抓住這個機會，於是我立刻趕往ＡＰＰ顯示的幸運地點。

我從學校前往車站，搭上平常不會搭的電車。

沒經過媽媽的允許，遵照來路不明的ＡＰＰ指示移動。

再次意識到這一點後，內疚和解放感同時在心中並存，感覺很不可思議。

下車後，我來到人潮眾多的鬧區。ＡＰＰ顯示的幸運地點是車站附近某棟大樓的地下室。

招牌上寫著咖啡店三個字，我將店門推開時傳來一陣輕快的鈴聲。

「歡迎光臨。哎呀，居然在這種地方遇見妳。」

不知為何，上前招呼的男性穿著新選組的羽織外套。店裡籠罩在典雅沉靜的間接照明之下，讓那件亮藍色的外套顯得有些突兀。

也因此讓我忘了看對方的臉，聽這口氣應該是認識的人，但我根本沒有異性友人。

「啊，不記得我嗎？我是跟妳同組的石川。」

聽到名字我才終於想起來。

研究小組裡確實有人叫這個名字。

「不過有點意外耶，我以為妳不喜歡這種店。」

「這是什麼店？」

「妳不知道就進來了？那我跟妳說明一下吧。一位客人進店囉。」

我在石川帶領下走進店內，結果又被嚇了一跳。

店面跟教室差不多大，接待的店員全都是奇裝異服。有身穿可愛長襬禮服的女性，也有拖著斗篷的男性。店員都穿著風格各異的服裝，日式西式皆有。

客人大多都穿得很普通，但有些人也跟店員一樣穿著奇裝異服。

「這裡就是俗稱的角色扮演咖啡廳，也可以說是扮裝咖啡廳。」

石川把我帶至桌位，遞出菜單並替我解惑。

「這類型的咖啡廳市面上幾乎都局限於女僕或執事，但這間店的範圍很廣，所以整體氛圍比較雜亂，這也是趣味所在啦。」

店裡確實充斥著文化祭那種混沌的歡樂氣氛。我因為遵從媽媽的指示從來沒參加過文化祭，所以只能想像。

「石川，你在這裡工作嗎？」

「對啊，打工，平常的工作是打掃和管理制服。今天是因為人手不足才來外場支援，但比起扮裝，我更喜歡自己做衣服。啊，要點什麼？」

在石川的催促下，我將視線移向菜單。

上頭羅列著飲品和輕食的照片，但每一種都很貴。

「我要紅茶。」

點完餐後，我對菜單上的「紀念照」這幾個字有些好奇。

「啊，對了對了，妳可以跟店員合照，也可以為自己留影喔，店裡可以租借服裝。雖然要額外收費，但有興趣的話要不要穿一次看看？」

「呃，可是……」

「別擔心，不會跟妳收取高昂費用，辦會員卡可享初次免費喔。」

「可是我……」

因為妳很醜啊。

媽媽的聲音在我耳中迴響。

妳穿裙子不好看，不適合明亮的顏色，也不要留長髮。這只會讓妳留下丟臉的回憶。媽媽說這些話是為了妳好，明白嗎？

這些都是我從小聽媽媽說過無數次的話。

我知道。

只有媽媽才會真心為我著想。

所以除了媽媽幫我挑選的衣服，其他我都不敢穿。

可是……

我的視線掠過石川，被在後方接待的女店員所吸引。

好想像她那樣穿著裙子，在指甲塗滿鮮豔色彩，別上可愛的蝴蝶結。

「啊，也對，這種話題還是跟同性比較好聊嘛。抱歉抱歉。」

石川似乎誤會了我的眼神。他對其他店員喊了一聲，身穿羽織和服的女性便走了過來。

「怎麼了？」

「麻煩跟這位客人介紹服裝租借的服務。我雖然喜歡玩衣服，但對女生妝容一竅不通。」

「好呀，交給我吧。」

「那、那個……」

我還來不及開口，女店員就溫柔地牽起我的手。

「這間店有很多服裝，妳一定能選到一件喜歡的。」

店員用孩子般的天真笑容這麼說，我從她纖長的手指感受到她的體溫。

於是店員牽著我的手來到隔壁房間。

這裡掛著數不清的服裝，也準備了好幾個類似試衣間的更衣處。

「我看看，這邊是制服類，這邊是禮服，這邊是魔法少女或動漫系，執事裝那種帥氣的款式在那邊。妳喜歡哪一種？」

「我……我沒穿過這種款式，所以有點好奇。」

我指著擺放在顯眼處的藍色禮服。

禮服在淡淡的照明下綻放閃耀光芒。在這麼多衣服當中，彷彿只有這件禮服的存在感特別強烈，讓我一眼就看中它。

「但應該不適合我吧……」

「沒關係，先試喜歡的衣服，之後再考慮適不適合的問題，找著找著就會挑到適合又喜歡的款式了。」

聽店員溫柔地這麼說，我也忍不住相信她的說法。

「啊，對了，還得化妝才行。機會難得，要不要順便選一頂假髮？很好玩喔。」

我順著店員的引導，開始在眾多款式中挑選起來。

這是我第一次在旁人指導下作決定。來到這間店後，我不停在接觸自己未知的領域。

大約一個半小時後，站在大全身鏡前的我啞然失聲。

水汪汪的大眼睛、纖長睫毛、氣色紅潤的臉頰、水亮有光澤的嘴唇、充滿立體感的鼻子，粗糙肌膚和臉上的毛孔也消失了。穿上高跟鞋後，我變得比平常還要高䠷。

戴上假髮後，我的髮型變成金色微鬈的長髮，簡直判若兩人，一點也不誇張。鏡中的自己真的很像另一個世界的公主。

當我眨眼時，鏡中的女性也會眨眼；動動身體，她也跟著動了起來。由此證明那個人就是我自己。

我活過來了。

這讓我開心得渾身顫抖。

我就像第一次見到鏡子的小狗，想跟鏡子裡的自己玩鬧一輩子。

自那天起，我就經常跟石川聊天。

石川是我的第一個異性朋友。

媽媽知道一定會大發雷霆吧，畢竟她恨透了男人。

這或許跟我的爸爸有關係。總之媽媽非常不喜歡我接觸異性，國高中都選女校就讀。她本來也考慮大學是否也比照辦理，最後還是命令我考進男女混校的知名私立

大學。

但這是因為爸爸為人不正，不能套用在所有男性身上。

至少我跟石川聊天時很開心。雖然講話很快這一點偶爾讓我有點煩躁，但整體來說依舊是個有趣的人。

「我喜歡可愛的衣服。考慮禮服的色調，想像搭配的鞋款，連戴在身上的飾品都想好好搭配一番。」

「不是因為自己想穿嗎？」

「穿了就看不到了啊，我想把自己的搭配套在別人身上。但這種說法可能會讓對方覺得我把他當成換裝娃娃。」

「有什麼關係，你也不會逼不想穿的人穿吧？」

「那當然，任何衣服都該讓想穿的人帶著渴望的心情穿上。」

他本來想進服裝設計的學校就讀，但似乎遭到家人反對，所以打算大學畢業後再去進修。

就像我常被媽媽罵醜，石川說他也經常被家人唸「明明是男孩子」。或許每個人都有類似的經驗。

石川說，有個能讓他坦承自己喜歡漂亮衣服的人，讓他很開心。

我們的出生背景、教育方式和性別都不一樣，卻有某種相似的磁場。

或許是因為這樣，如果對方是石川的話，我就能說出過去開不了口的那些事。

「我媽叫我不准穿那種勾引男人的衣服，但我沒有那種意圖，就是想打扮得可愛一點。」

「能設想出自己想穿的風格，遠比隨便穿件衣服過日子還有意義。最重要的是，打扮自己是每個人應有的權利，希望妳好好珍惜。」

石川的想法跟我和媽媽都不一樣，讓我覺得很新鮮。

在那之後我們也經常聊天。

能自由運用的金錢和時間雖然不多，我還是會想方設法上門光顧扮裝咖啡廳。跟石川討論穿哪種衣服如何拍照，是我最開心的時光。

但千萬不能被媽媽發現。

我把媽媽給我的午餐費一點一點存起來，把她給我的教材費拿去買二手教科書來省錢，偷偷買的化妝品就借放在一個人住的石川家裡。

上了大學，去過那間店之後，我第一次對媽媽有了祕密。

光是這樣，就覺得過去行屍走肉的自己開始逐漸改變。

像這樣過了半年。

當時還是春天，現在也完全步入秋季了。

「妳要瞞到什麼時候？」

「幹嘛忽然問這種問題？」

這天我一如往常跟石川在學校碰面，閒聊到一半他忽然這麼說。

「我覺得妳是不是該跟媽媽聊聊，讓她理解妳在做什麼。」

「把化妝品放在你那邊不方便嗎？」

「我不是這個意思，喜歡的事卻得偷偷摸摸地做，感覺很難受耶。尤其對方又是家人，往後也必須相處一輩子。」

石川一反常態，神情十分嚴肅。

「我說得這麼好聽，但也不敢要求父母理解我的心情啦。如果是我太雞婆的話，我先跟妳道歉。」

「不會，謝謝你，你的心意讓我很高興，但我從沒想過讓媽媽理解我。」

我是什麼樣的心情？

我到底想做什麼？

跟媽媽說了又能怎樣？

媽媽會承認自己的錯誤，用「之前很抱歉」這種話跟我道歉嗎？

這種事不可能發生，我也不希望。

首先，我沒想過要從媽媽身上得到補償，也不曾希望她會改變。
那個人永遠都是會為孩子著想的好媽媽。
我希望自己這麼想，所以無所謂，要她理解我的憂鬱和苦悶應該是一種奢望。
「但要是被發現怎麼辦？」
「我也很害怕。」
祕密能不能隱瞞到底，讓我十分不安。
如果祕密曝光會有什麼下場？我根本不敢想像。
就這層意義來說，照石川所說主動坦承或許比較好，讓我十分猶豫。
「這樣吧，石川，你能幫我嗎？」
正好快要校慶了，我決定選在那個時候主動嘗試。

校慶當天。
我跟石川一起想出的作戰方式，是經過反覆推敲後得出的簡單方法。
請媽媽來參觀研究發表會，結束後跟她約在休息區會合，屆時我會以變裝後的姿態去見她。
計畫如下，如果媽媽發現那個人是我，我就說出祕密，沒發現就繼續隱瞞。

但真要執行時，我又變得忐忑不安。

「還行嗎？我會不會很奇怪？」

「別擔心，校慶期間也有其他人會變裝，一點都不突兀。簡直太完美了，不愧是我縫製的禮服。」

「哪怕是說謊也好，現在應該稱讚我才對吧？」

「這個任務就讓給妳媽媽吧。」

今天這身衣服是石川親手製作的。

他把一部分工錢用來自製服裝，我本來想付錢給他，石川卻不肯收，還說「第一次算妳免費」。

他說光是有人願意穿，他就很開心了。

這是石川為了今天的計畫，配合我的尺寸，聽取我的要求，互相交換意見後製作的特別禮服。

也可以說是我為了和媽媽對峙的戰鬥服。

「放心吧，這是全世界唯一一套只屬於妳的禮服。只要穿上它，所有事都能迎刃而解。妳只要充滿自信，光明正大展現姿態就行了。」

「嗯，我會努力。」

在石川的目送下，我往前踏出步伐。

我一步步走向位在幾公尺前的媽媽身邊。石川幫我從店裡借來的高跟鞋發出喀喀聲響，長長的假髮隨風飄逸。

媽媽看到我這副模樣，第一句話會說什麼呢？

會因為我瞞著她穿成這樣破口大罵嗎？

但搞不好會稱讚這身裝扮很適合我。我學會化妝，石川也幫我做了美麗的衣服，打扮得這麼精緻，或許媽媽再也不會說我很醜了。

媽媽坐在長椅上，而我在她旁邊坐了下來。

她瞄了我一眼說道：

「不好意思，我女兒待會就要來了。」

所以麻煩妳別坐在這裡——話中隱含了這種不悅的心情。媽媽似乎對我遲到這件事有點生氣。

「……對不起。」

說完我就起身。

發出聲音總該發現了吧，但媽媽一點反應都沒有。

也就是說，媽媽根本沒發現這個人就是我。

我快步走回石川身邊換衣服。

穿不慣的高跟鞋讓我走得踉蹌，我卻沒有停下腳步。

我徹底變成另一個人，連媽媽都認不出來，讓我感到喜悅。

但媽媽沒看出我的真面目，讓我感到悲傷。

對我來說，媽媽一直都是特別的存在。在她面前不能有任何隱瞞，簡直就像另一個自己。

可是我錯了。

媽媽似乎比我想像中還要普通。

「我贏了。」

我笑著對等我回來的石川比出勝利手勢。

但他似乎看出我的笑容很僵。

石川神情複雜地說：

「妳很漂亮。」

這句話應該是代替媽媽說的吧，我對這位心地善良的朋友充滿感激。

我馬上卸妝，換上平常那套媽媽幫我選的衣服，並跟石川道謝。下個該去的地方已經確定了，我便跟他道別。

來到休息區後，媽媽一臉嚴肅地迎接我。批評我的發表成果，批判同組的同學，對校慶的熱鬧氣氛充滿怨言，之後和我一起回家，就像她平常那樣。

唯獨我的心情和以往截然不同。

回家路上，我在心底暗自下定決心，以免被媽媽聽見。

媽媽，我決定對妳欺瞞到底。

我是對孩子無比包容理解的好媽媽——妳就帶著這股信念幸福地死去，當個被女兒欺騙的可憐受害者吧。

就算我費盡唇舌，妳也不願意理解我吧。我也一樣，完全不知道妳在想什麼。

但這應該不是什麼稀奇的事，就算妳跟我是母女，也是不同的兩個人。

現在我依然很感謝妳。

我最喜歡媽媽了。

但我不認為這樣就能互相理解。

然而就算我們互不理解，也沒必要憎恨彼此，不必互相仇視，更不用說殘害對方了。

母女就該真心了解彼此，這是天大的誤會。對這種不切實際的美夢抱持期待，往後應該會處處碰壁。

我就跟媽媽維持表面上和平相處，但其實互不理解的狀態，和和睦睦地繼續生活吧。

近期我應該會從家裡搬出去，但我會努力像以前那樣不讓妳傷心。我是因為妳

才能幸福，變成優秀的大人，往後我會以這種態度繼續活下去。

我真正的面貌。

真正的願望。

還有真正的心聲，永遠都不會讓妳知道。

所以永別了，媽媽。

今後我們就繼續互不理解，幸福快樂地生活吧。

# 希望破滅的那一晚

rule enter delete

我的弟弟太陽在秋天過世了。

太陽那天從早上就不太舒服。

但弟弟本來就身體抱恙，我也習慣他虛弱的樣子了，所以沒把這件事看得太重。

因此我用「週末會幫你掛號」這句話安慰他，但他看起來還是很寂寞，我跟他說可以在我房間休息，就去上學了。

結果太陽就這麼撒手人寰。

在我房裡嘔吐完就斷氣的弟弟似乎非常痛苦，表情一點也不安詳。

♦
♦
♦

聽到敲門聲，我忍不住皺眉。

隔著門隱約能聽見媽媽在走廊喊我的聲音。

我讓手離開電腦鍵盤，將戴在頭上的耳機拿下來。可能是久坐的關係，我雙腳發麻，費了一番工夫才站起來。

「幹嘛，有什麼事？」

「你都沒回話，害我很擔心……對不起，你睡了嗎？」

我瞄了時鐘一眼。

晚上十一點，還不是我的睡覺時間。

「我是來告訴你，爸爸已經睡了，你可以用浴室跟廁所了。」

「沒事，媽明天還要工作吧，快休息吧。」

「嗯、嗯，是啊，謝謝你。晚安。」

「媽。」

我沒開門，繼續說道：

「妳可以把我當成空氣。」

就像爸那樣——我沒有再補上這句話。

媽媽沒有回應，我隔著門感受到她的腳步聲越來越遠。

我長嘆一口氣。只是短短幾句對話，一整天都沒說話的嘴巴就在喊累了，舌根有點鈍重，嘴裡也黏黏的。

一回頭，我就看見自己房裡的現狀。

床上的衣服散亂一片，裝滿垃圾的塑膠袋堆在房間角落，書櫃也積滿灰塵。我在好幾年沒拉開過的窗簾旁邊，過著暗無天日的生活。

放在書桌下的電腦，現在也發出低沉的驅動聲。

我蹲坐在房間正中央，把剛才拿下的耳機再次戴上。

我在弟弟太陽過世的這個房裡閉門不出多久了呢？

爸爸已經完全放棄我了。

我剛把自己關在房裡時，他還會隔著門為我大聲打氣，也曾想把我帶到外面的世界。搬出我同學的名字，說他順利考上大學，還是單親家庭，比你辛苦好幾倍之類的話。

但現在也聽不見他的聲音了。

最後只會用情緒化的方式苛責我。

可憐的媽媽，被夾在嚴厲父親和躲在房裡的兒子之間。雖然覺得很對不起她，我心裡也很難受，但也僅止於此。我沒打算離開房間，此刻也不想變回正常人。

電腦螢幕上那個叫做「太陽」的角色正在等我回來。

回到遊戲世界後，我繼續幫「太陽」練等級。

等媽媽睡著後，我靜悄悄地走出房間。

每天都是這樣，我會在爸媽入睡或外出期間吃飯、上廁所，偶爾沖個澡，也會趁這個時候換衣服。

這就是我現在的日常生活。

只要每天不斷重複，再異常的日子都會變成習慣的日常。

過去我上了六年小學、三年中學，又上了兩年高中。早上起床去上課，晚上回

家，如此規律的循環重複了十年以上。

現在卻完全相反。

深夜活動，白天睡覺，我沒花太多時間就習慣這種生活了。

兩種生活方式都不算輕鬆，只是習慣了而已。

走出房間後，我安靜地下樓去廚房喝水，之後沖了個澡，順便把鬍子剃乾淨，用剪刀修剪變長的頭髮。

用報紙把剪下的頭髮包好後，為了丟棄我又走到廚房，在那裡把媽媽幫我買好的泡麵泡了直接站著吃。

要讓自己的身體維持在一定水準實屬不易。

連閉門不出的我都這麼想了，一般大眾應該覺得更麻煩吧。

如果身體不會髒，頭髮不會變長，也不會肚子餓的話，該有多輕鬆啊。要是不會口渴，不必排泄，甚至連睡眠都不需要，那就更理想了。

但這種狀態應該不算活著吧。

肉體會不斷消耗，永遠都在變化。

就算我躲在房裡，這種變化依然不會停止，這麼想的話，我應該還算活著吧。社會地位的死活就另當別論。

思考生與死的問題時，我不禁想起太陽火葬前的模樣，他當時的表情比倒在我

房裡時安詳多了。

心情一直靜不下來，於是我快步走回房間，關上房門才終於平復紊亂的呼吸。

我不是那種心思纖細又溫柔的哥哥，不會因為弟弟死後大受打擊就把自己關在房裡。

我只是對自己還活著這件事感到內疚。

在我這個哥哥眼中，弟弟太陽是個可愛又善良的人，交友廣闊，成績也很好。光是有他在，家裡氣氛就很開朗。

我跟爸媽聊天時，話題總是繞著太陽轉。比如那小子今天發生什麼趣事，有多聰明等等，淨是這些話題。

或許是因為七歲的差距，我們兄弟倆從來不會吵架。太陽很仰慕我，我也對太陽疼愛有加。

包含我在內的全家人都把他寵上了天，太陽卻是個性格乖巧的好孩子。雖然體型有些圓胖，但可愛的弟弟卻讓我們覺得圓胖也是一種美德。

太陽曾雙眼閃閃發光地說「以後想當獸醫」，對將來沒有夢想的我而言，這句話實在太耀眼奪目了。

太陽以後一定很有前途，為了能在他身邊提供協助，至少我得做個不讓他失望的哥哥。

可是太陽死了。

懷抱夢想、希望和目標的太陽死了，什麼都沒有的我卻繼續活著，直至今日我都內疚不已。

但我也無意尋死。

只是覺得不想繼續活著。

我再次坐回電腦前，螢幕光源將漆黑的房間照得蒼藍一片。不上不下的。

如此頹廢的我，在太陽死後的那個禮拜還是有一如往常的正常生活。鼓勵情緒低落的父母，一起回憶往事哀悼太陽，還乖乖去學校上課。我跟同學的互動一如既往毫無障礙，放學後也過得很快樂。

有段時間我也想過要不要代替太陽完成剩下的目標，所以拚命讀書，想替他實現當獸醫的夢想。

但我馬上就發現一件事。

我只是偷了太陽的夢想。

我只是奪走本該屬於太陽的成功，搶走他的幸福，還以為自己在做好事。只是因為自己沒有夢想和目標，就利用了太陽的心願。

踏著寶貴弟弟的屍體得到幸福，這種想法真是噁心。

揭開自己的醜陋面後，我就一蹶不振了。
沒有自我了斷，但也沒辦法像過去那樣活著。
這種頹廢的狀態已經持續幾年了呢？
我一直窩在房裡打遊戲，用「太陽」這個名字展開拯救世界的冒險。
遊戲裡的一切都合情合理，錯誤或故障都能立即修復，還能拿到維修的補償。
跟現實截然不同。
這讓我感到輕鬆又愜意，所以我從好久以前就放棄思考了。

我作了個夢。
夢到太陽還活著。
他敲著我的房門說「哥哥開門」。關在房裡的我聽到這句話開了門，發現門後是小學生的太陽。
他光是站在那裡，漆黑的房間就亮了起來，太陽就是這種人。
「哥哥，我餓了，去吃點好吃的吧。」
太陽健康的時候食量很大。
生病之後胃口就變小，吃了也會吐個不停，轉眼間就消瘦下來，健康時卻能津

津有味地大吃特吃。
我幫太陽做了拿坡里義大利麵，這時爸媽也來到客廳，所以我最後做了四人份。
全家人聚在一起吃拿坡里義大利麵，笑著聊太陽的事，太陽也露出靦腆的笑容。
像平常那樣開朗又溫暖的日常，讓我打從心底鬆了口氣。
感覺之前只是哪裡出錯了。
太陽可能死過一次，卻像這樣平平安安地回家了。
他還活著。
面帶笑容。
吃東西、胖嘟嘟的、跟我們撒嬌。
是啊，這才是我的日常生活。
吃完飯後，大家把碗筷拿到廚房。
「哥哥，好好吃喔。」
聽到太陽的聲音，我忽然有些寂寞，便將他擁入懷中。
我作了這樣的夢。
醒來後，我淚流滿面。

啊啊，原來是夢。這個現實感在我心中逐漸蔓延，讓我過了好久都無法起身。

現在我還是會不時夢到自己跟太陽一起生活。

明明不想作這種夢，卻還是會夢見。

太陽死後，我無時無刻都在後悔。

早知道他走這麼早，當初就該讓他多吃點喜歡的東西。檢查出病情後，我們就很少讓他吃零食，反而老是給他對身體好的難吃食物和藥物，因為我們相信這些能延長他的壽命。

藥物的副作用會造成皮膚搔癢，他總是抓到破皮流血，我們也因此罵過他。如果用更溫和的語氣提醒他就好了。

說到底，當時或許不該相信那個醫生。雖然他給人的印象不錯，人格卻跟能力無關。如果在其他醫院讓其他醫生治療，應該會有不一樣的結果。

改變一個行動就好。

只要我對父母、醫生或太陽本人積極做點什麼，那孩子或許就能活下來。

我滿腦子都是這些無可奈何的想法。

真是愚蠢。

真的只能用愚蠢兩個字形容。

我擦乾眼淚，打開電腦。

這時我忽然想到在網路上蔚為話題的占卜ＡＰＰ。

據說可以實現任何願望的占卜ＡＰＰ「孤獨的羊」，當初上架時只針對手機用戶，最近好像也能對應電腦系統了。

我現在還沒心情打遊戲，便下載「孤獨的羊」打發時間。

我點開ＡＰＰ並完成初始設定，基本上就是個不停占卜收集羊群的ＡＰＰ。這種東西哪裡有趣？我一點頭緒也沒有。

但我也沒心情做其他事，所以茫然地盯著螢幕看。五顏六色的羊在螢幕上出現又消失，時間也一點一滴流逝。

時間一久，傳說中的黑羊就出現了。

我一時興起點擊那隻黑羊，結果真如傳聞所說跳出了輸入願望的欄位。只要在這裡輸入文字，任何願望都能實現。

腦海中馬上出現太陽的身影。

夢境的碎片還在侵蝕我的思考。

但就算ＡＰＰ的傳聞屬實，也不可能讓亡者復活，頂多只能實現能實際發生的願望吧。

那我心裡只有一個願望。

我在ＡＰＰ輸入「拜託殺了我」這幾個字。

我沒有自我了斷的決心。

但也沒有勇氣繼續活著。

所以殺了我吧。

我只有這個願望。

關掉APP準備打開線上遊戲時，我發現一件事。

剛才那個願望符合現實嗎？

APP的確有可能殺了我。

但我完全想不到要用哪種方法殺害一個關在房裡不出門的人。我不想讓爸媽被捲進來，要殺就殺我一個人。

既然如此。

我看向長年被窗簾緊閉的那扇窗。

為了遭遇危險——為了讓別人殺死我，我就必須走出去。

我煩惱了幾天後，還是決定踏出家門。

但白天出門仍然有點難度，我不想在陽光底下自由自在地行動，所以選擇深夜出門。

反正每天除了玩電腦也無所事事，把這段時間拿來散步也好。尤其一般人都覺

得晚上不安全，如果那個ＡＰＰ真能實現願望，我應該馬上就會被某人殺害。

話雖如此，多年閉門不出的身體也不可能乖乖聽話。

光是換上沾滿灰塵的外出服就花了不少工夫，出門呼吸到久違的外界空氣也讓肺部陣陣刺痛。只走幾步路膝蓋肩膀就疼痛起來，讓我氣喘吁吁。

外面雖然熱，我還是穿著帽T出門。以前我雖然很愛穿，但現在不穿就出不了門，我得披著東西才能安心一點。

出去外面幾分鐘就回到房間，如此難堪的生活持續了一陣子。

我也知道外出短短幾分鐘不會被殺害，所以我在室內也會盡量活動身體，慢慢調整體質。

起初是五分鐘。

再來是十分鐘。

之後變成十五分鐘。

這樣練習一個月後，我終於可以散步一小時了。

我不會走一樣的路線，踏出家門一步後，我會依照當時心情決定方向。為了方便被殺害，也會避開人多的道路。

我關在房裡這幾年，出生長大的這座城鎮也幾乎變了個樣。

多了幾處空地，出現新的建築，以前見過的那些店也倒了，感覺像在和熟悉城

鎮十分相似的異國闖蕩。

這座城鎮雖然變了很多，但只有我希望消失的那些地方依然存在。太陽就讀的小學、帶太陽去就診的醫院、常跟太陽一起去買東西吃的超商，還有很多很多。反正都變了，真希望充滿回憶的所有地方都夷為平地。

快來個人把我殺了吧，我今天也滿懷期待地在鎮上漫步。

我死了以後，爸媽會不會覺得終於解脫如釋重負？

如果有死後的世界，太陽會不會在那裡等我？

我四處徘徊，滿腦子都是這些沒有答案的疑問。

而且好熱，汗水讓全身黏答答的，帽T真的很不透氣。

夏天晚上依舊悶熱。太冷太熱都會剝奪人類的氣力，這種氣溫不適合殺人，也不適合被殺。

我走到河邊納涼，但到處都是回憶。

我從橋上俯瞰河流。

我曾經跟太陽在河堤看煙火，在河邊釣螯蝦，還會找奇形怪狀的石頭給對方看。

如今只剩我一個人在橋上憑欄眺望水面。

我第一次在這種時間看河。河水漆黑無比，彷彿將所有光源吞噬殆盡，有點可怕。

現在是半夜，周遭空無一人，偶爾只有幾輛車駛過後方的車道。

我低頭凝視著河流。

我為什麼還活著？

以前太陽曾經問我：「人活著的意義是什麼？」應該是被我跟他一起看的動畫影響吧。

這個問題對當時還是國中生的我來說格局太大了，所以我隨口敷衍道「等你長大就知道了」。聰明的太陽雖然接受了我的說法，最後卻沒機會長大。

我的年齡已經徒增到大人的階段了。

但我還是不知道人為何而活。我沒有活下去的意義，也沒有尋死的理由。

這時，我忽然覺得背後被人推了一把。

我的身體就這麼毫無抵抗地越過欄杆。

過程感覺十分緩慢。

然後我往下掉。

頭下腳上地掉進河裡。

說不定是那個ＡＰＰ實現了我的願望。

那我想看看把我推下去的人是誰。反正掉的速度很慢，這點時間總該有吧。

我睜開眼看向自己的腳尖前方，也就是我剛才還在的橋梁欄杆看去。

但那裡空無一人。

發出某種東西爆炸的巨大聲響後，衝擊從頭蔓延至全身，回過神才發現身體慢慢沉入水中。

我不知道這條河這麼深。

呼吸好難受。

明明身體越來越冷，卻只有腦袋莫名發燙，心臟跳得飛快。

死亡逐步逼近，本能的恐懼在渾身各處亂竄。

意識漸漸模糊，甜美的酥麻感攪亂了我的思緒。

不必思考，只須接受這一切，就像過去面對那些沒道理的事一樣。

但手腳還是動個不停。

我不爭氣地活動身體，讓沉重的身軀游往微弱光源的方向。

隨後終於浮出水面。

我把積在嘴裡的水吐掉，拚命咳嗽讓自己得以呼吸，原本麻痺的知覺也逐漸恢復力氣。

河水果然沒那麼深，是腳尖可以勉強觸地的程度。我想盡辦法往河岸走去，心臟也不停發出惱人的巨響。

好不容易上岸了，我卻趴在地上無法起身。

我還活著。

這個事實一直壓得我喘不過氣。

濕答答的衣服黏在身上，拖慢我的行動速度。細沙和草屑碰到手和膝蓋就會沾在上面，不停刺扎肌膚。

我本來想尋死。

希望被人殺害。

卻又充滿求生欲望，拚命掙扎不願死去。

紊亂的呼吸完全無法平復。

我把喝進嘴裡的水連同胃液一起吐出來，在難以辨別是冷是熱的狀態下在地上到處爬行，全身都在抗拒被殺害的恐懼。

明明這麼痛苦，我還是想活下去嗎？

或許我一直以來都想錯了。長壽未必是件好事，活著也不一定幸福。

人活著的意義是什麼？我終於得到答案了。

連同先死的太陽的份一起受苦，就是我活著的意義。

我找到答案了。

如此一來，我對生存再無恐懼。

我這輩子要過得悲慘無比，慘到和太陽見面時讓他忍不住心想「還好我先死

了」，到時候我要嘴硬地說「活這麼久的感覺真好」。如果能等到這一刻就太棒了。

雖然很痛苦，我還是努力站起來。

儘管身體沉重，依舊難以喘息，但這些都是活著的證明。

## 作業：
## 請寫下你未來的夢想

rule | enter | delete

NEMURENAI YORU HA
HITSUJI WO SAGASHITE

我未來的夢想

四年一班　川口正樹

我未來的夢想，是被心愛的人殺死。
之所以會有這種想法，是因為我的爺爺。
爺爺在去年夏天過世了。
死因是在浴室跌倒撞到頭。我沒想到爺爺會用這種方式死去。
爺爺在世時是個笑口常開的人，從來沒看過他生病，總是精力充沛。
在那之前，我一直覺得自己能長命百歲。
可是連活力十足的爺爺都死得這麼突然，那就算我現在還健健康康，說不定明天就會死掉。
爺爺去世後，我就在思考自己想用什麼方法死去，但我還是很怕死。要說有多怕，大概跟打針一樣怕吧。
而且我希望那時候心愛的人在我身邊。
如果有爸爸、媽媽和哥哥陪著我，我連打針都不怕。
我之前就在想，如果是家人幫我打針，我就不會害怕，因此死亡也是一樣的道理。

所以被家人或同樣心愛的人殺死，是我認為最安心的死法。

我把這件事告訴哥哥，他對我說「不管生前想怎麼過，死了以後所有人都一樣」。

每個人燒完都會變成白骨，所以不論生前想怎麼過、未來想用什麼方式死去都一樣。這是哥哥告訴我的。

哥哥博學多聞，精通電腦知識，遊戲玩得比我還厲害，所以我很崇拜哥哥。

上禮拜我跟哥哥去看電影，回家路上哥哥告訴我，他發現一個可以殺人的APP。

哥哥說用這個APP就可以殺死壞人，還說世上有太多壞蛋跟做壞事的人，用這個APP就可以殺死他們。感覺很像英雄會做的事，我真的覺得哥哥很厲害。

當時我聽見平交道的聲音。

柵欄放下來的時候，我看到有個老奶奶急著想闖過去，但可能太著急了，跑到一半就摔倒在地。

我心想「得去幫忙老奶奶」就衝了過去。

哥哥大喊「不准去」，但當時我已經穿過平交道的條紋柵欄了，因為我覺得可以在電車過來之前解決。

可是要把跌倒的人拉開比我想像中還要辛苦，不管我怎麼拉，老奶奶就是站不

起來。

結果電車開過來了。

速度非常快，還發出很大的聲音。

光聽聲音我就怕得不得了，全身動彈不得，只能緊緊閉上雙眼。

不知為何，那時我想起了爺爺。

奶奶剛過世那段時間，我跟還在世的爺爺曾私下聊天。那時候我們聊著奶奶的話題，像是奶奶做的煎蛋捲很好吃，一起看電視大笑的回憶，還有熬夜被奶奶臭罵一頓。

結果爺爺小聲地說「這樣心中的牽掛就少了一個」。之後他又摸著我的頭說「以後我只擔心年紀還小的你」，還說「正樹，希望你幸福，要過得非常幸福」，像在唸咒語一樣對我說了又說。

那是我跟活著的爺爺最後一次見面。

聽說人死前會回憶往事。

這種現象被稱作「跑馬燈」，這是哥哥事後告訴我的。

但我毫髮無傷。

跌倒的老奶奶也平安無事。

我睜開眼睛，發現電車停在我眼前。多虧哥哥按下緊急按鈕讓電車停下來。

之後有好多人稱讚我勇氣可嘉。跌倒的老奶奶、爸爸媽媽，還有不認識的人都在稱讚我，讓我很開心。

但只有哥哥一直生我的氣，還用以前從來沒見過的害怕表情跟我說「不准再做這種事了」。

可是好奇怪啊。

哥哥不是說「不管生前過得如何，死後都一樣」嗎？

但當時哥哥卻跟我說「不要死」、「就算做錯事也要活下去，不管用什麼方式都好，總之好好活著，至少不能比我先死」。

那時候的哥哥好像在哭，但我剛剛問他，他卻說「我這輩子從來沒哭過」，那應該就沒有哭吧。

我還不知道稱讚我的那些人跟哥哥誰才是對的，我想活到至少把這件事搞清楚為止。

但我未來的夢想還是被心愛的人殺死。

不知道我以後會用什麼方式死去。心愛的人不可能永遠陪在我身邊，也可能像爺爺那樣比我先死。

所以我決定讓自己盡量喜歡上很多人事物。

只要有很多心愛的人事物，不管何時何地死都能安心。因為在我死掉的時候，

身邊至少會有個心愛的東西。

我會遵照爺爺的期望活得幸福快樂，盡可能活得比哥哥還久，再被心愛的人殺死。

如果我死了還能見爺爺一面，他能像以前那樣對我哈哈大笑的話，我應該會很高興吧。

# 在我殺了你之前

rule enter delete

NEMURENAI YORU HA
HITSUJI WO SAGASHITE

本該不會到來的新的夜晚降臨那一天，我發現自己的病痊癒了。

過去我不斷經歷漫長的住院及手術，但往後似乎再也不需要了。未來我還能理所當然地經歷日夜交替，持續好幾十年的人生。

我得知這件事第一反應不是喜悅，而是百思不解。

我為什麼還活著？

我應該被那個兒時玩伴男孩殺了才對啊，他都宣稱想在我病死之前「殺掉我」了，我卻還活著。

透為什麼沒殺我呢？

在變得比想像中還要漫長的餘生中，我決定先把這件事弄清楚。

我從小就罹患一種名字很長的病，爸媽雖然為此哀嘆不已，我卻是以自己無藥可救這個前提繼續活著。這是無能為力的事實，試圖對抗也沒有用。

所以我開始殺害生物。

生物死去後只會腐朽消失，但被殺害後就會產生全新的意義。

比如這個蝴蝶標本。

在身體狀況不錯那一天，我自己捕殺蝴蝶，烘乾後用圖釘貫穿背部。像這樣入

手的標本就有意義，跟只能回歸塵土的屍體不一樣。

壽命短暫的生物與其自然死亡，更應該被殺掉，這樣就能馬上理解其活著的意義和死去的理由。

所以我會盡量殺害比自己早死的那些生物。

這麼一來，就可以當成牠們是為我而死。

但這麼做類似義務幫忙，不是為了渴望而收集，只是同情那些跟我一樣死期將近的生物才會痛下殺手。

我希望死前能得到絕無僅有專屬於我的東西。只要得到那種東西，我甚至覺得明天死也無所謂。

問題是我對自己想要的東西沒有具體概念。

想得到專屬於我的東西，這個欲求本身很明確。

但我到底想要什麼？

是生物、食物，還是完全不同的東西？明明是自己的想法，我卻一直找不到答案。

「人最不理解的就是自己，這不是很正常嗎？」

我的兒時玩伴芳村透若無其事地這麼說。

當時他五歲四個月又十五天，那天我們倆背靠背看著不一樣的書。我在看《法

布爾昆蟲記》，透在看《小王子》。

所以我雖然能聽見透的聲音，卻看不見他是什麼表情。

「畢竟大家都看不到自己的臉嘛，對沒看過的東西不理解，這也是沒辦法的事。」

「是嗎？用鏡子就能看到自己的臉啊。」

「但那只是左右相反的鏡像，顛倒後就算外型相似，看上去也截然不同，就像日文平假名的『さ』和『ち』。『さか（坡道）』和『ちか（地下）』看起來很像，卻是完全不一樣的地方啊。」

如果透說得沒錯，我就對自己的長相一無所知了，讓我有點困擾。

「所以可以請其他人描述自己的狀況，比如家人、朋友、陌生人，或是占卜、考試成績也可以。大家都是用這種方式慢慢了解自己的。」

「但也不能證明那些人的觀點或描述一定正確啊。」

「那就找陽毬可以信任，覺得被他欺騙也無所謂的人就好啦。自己的模樣一定要用鏡子才看得到，但自己以外就不用這麼麻煩了。」

聽他這麼說，我忽然好想觀察別人的長相。

我將身後的透推倒，跨坐在他身上仔細觀察他的臉。透發出一陣難受的低吟，露出有點為難的笑容。

但我盯著他的臉觀察好久，還是沒辦法了解自己。倒映在透雙眼中的自己只是個模糊又狹小的影像。

但這一刻我終於找到自己想要什麼了。

我想要透。

他的觀點跟我不一樣，讓我燃起熊熊欲望。如果能得到透，下一秒馬上死掉也無所謂。

隨後我因為病情惡化住院，透經常來病房看我。

透會跟住院的我聊各式各樣的話題。

比如自己的經驗，還有非自身經歷的虛構故事。只要觀察透的表情，我就能馬上發現他在說哪一種。

尤其是頻繁使用「聽說」這個詞的時候，就一定是在說謊。但我覺得被透欺騙也沒關係，所以無所謂。

有一次透說想殺了我，還帶著十分痛苦的表情。

所以我覺得透喜歡我。

因為透喜歡我才會抱持殺意，想用殺死我這個方法戰勝病魔，讓我的死亡有意義。這應該等同於愛情吧。

但透最後並沒有殺我。

他在我昏迷那段期間失去蹤影，所以應該不知道我的病已經好了。

對我來說，能活下來是預料之外的事。透沒把我殺死，我也沒有因病去世。

難道我沒得到透的心意？

其實他並不喜歡我？

這麼一想，就覺得所有前提都瓦解了。

我對死亡沒有執念，對活著這件事也沒有任何迷惘。

但我能活下來，就證明透不愛我，這讓我感覺很糟。

所以我要確認。

人到底會在什麼時候湧現殺意，以及殺與不殺的原因。

存活下來的我，決定先開始收集殺意。

結束復健生活上國中後，爸媽買了手機給我，我做的第一件事就是製作殺人APP。

透在病房跟我說的其中一個虛構故事，就是殺人APP的傳聞。雖然一聽就知道他在說謊，但如果真有此事感覺會很有趣。或許是因為現實沒有殺人APP，透才沒辦法殺掉我。

我把ＡＰＰ取名為「孤獨的羊」。為了讓不知身在何處的透也能發現，我才選擇他以前就很喜歡的羊為主題。

只要得到使用者的允許，ＡＰＰ就能吸收到大範圍的情報。若建議使用者綁定電話號碼、定位資訊或ＳＮＳ帳號，就可以從每日投稿收集更多情報。

因為ＡＰＰ不能標榜殺人用途，我把「孤獨的羊」設定為占卜ＡＰＰ。

占卜非常方便，可以知道人們是為了祈求什麼才尋求占卜，也能無意識操控他人行動。

比如明明是靠自己努力獲取成果，但如果當天運勢不錯，人們就會歸功於占卜。相對地，就算一整天都沒出事，也會認為是聽從占卜指示才逃過一劫。

操控占卜結果，就等於操控人的行動。

為了讓使用量提升，我在外觀上也稍作調整。設計出容易親近的小羊角色登場，也增加了羊的顏色和種類，才能勾起人們的收集欲。

收集欲就是驅動人心的力量。

為了讓使用者盡可能輕鬆地收集ＡＰＰ的羊，我會讓當天收集的羊群集中顯示在模擬成寢室的畫面當中，視覺上的成就感會連帶引發每天的收集欲望。這種設計可以透過積極收集的小羊顏色掌握使用者的傾向。

完成後，我也沒忘了附帶最重要的傳聞要素。

就是「可以幫你實現所有願望」。

我替APP的開啟時間設定連動機制，讓黑羊在深夜登場。只要使用者抓到黑羊，就會立刻跳出輸入願望的欄位。

這樣就能讓人們說出心中真正的願望。

要採取這種特殊的步驟，才能讓他人卸下心防。

反過來說，就算只是普通的機械化步驟，也能讓使用者有種神祕的儀式感。

我會在深夜確認收集到的殺意，對APP進行調整。

可能是因為在醫院睡太久了，痊癒之後我都不會睏，就算整天只睡三小時也綽綽有餘，所以我一天的時間比普通人還要長。深夜時段尤其漫長，很適合用來管理APP。

為了收集更多殺意，我會盡量實現黑羊帶回來的那些願望。雖然太過抽象或難以理解的內容無法實現，但只要內容清晰具體，我就會想辦法解決。

只要對占卜結果稍作更動，就能照我的意思操控APP使用者和其周遭的人。

如果能掌握事件關聯性，只須給點微小的契機就行。

要是讓住在隔壁城鎮的高中生晚五分鐘上學，早上電車的人車相撞意外就會增加一件。建議上班族改變回家路線，就能提早發現殺人案件。不管使用者想要武器還是毒藥，我都會送過去。

ＡＰＰ照我的計畫持續運作，也如我所願不斷滲透人們的生活。

我照常過生活，經營ＡＰＰ，仔細調查ＡＰＰ吸收的殺意，同時也認真學習。這樣應該就能得到那個疑問的解答。

透當時為什麼要殺我？又為什麼沒殺死我？病床上的我明明覺得被透殺死也無所謂，為什麼事與願違？

不管收集多少人們的殺意，我都找不到答案。

我在這樣日復一日的生活中慢慢成長，成為大學生。

我製作的「孤獨的羊」已經十分普及了。

如今已經獲取到這個國家數百萬居民的情報。

有人透過ＡＰＰ成功殺了人，有人在動手前一刻打消念頭，但我依然找不出兩者之間的差異。

某天我收到了同學會的通知。似乎是為了紀念二十歲，想召集小學同學辦個大規模同學會。

說不定可以在同學會遇見透。

雖然始終沒有透的消息，但用ＡＰＰ找到他的機率應該比以前高了許多。只要將收集到的龐大個人資料庫當成線索逐步追蹤，馬上就能見到他吧。

但我有些猶豫，不知該不該在找出問題解答前跟他見面。

可是我想破頭也想不出答案，這也沒辦法。當面問他吧。

為什麼當時沒殺死我，現在又作何感想。

配合年末的返鄉時機，同學會辦在十二月。

租借飯店宴會廳舉辦的同學會非常盛大，熱鬧得不得了，參加者比想像中還要多。我在近乎兩百人的人潮當中尋找透的身影。

過程間也會跟以前的同學聊天。

將近十年的歲月，足以讓人產生變化。

體型變了，聲音變了，連性別都變了。

本來乖巧安靜的同學變得能言善道，原本活潑可愛的人氣王卻躲在會場角落。

不論方向是好是壞，人都是會改變的。

透卻不在這群人之中。

對此我沒有想像中那麼失望，連我自己都有些意外。

我現在依然能描繪出透過去的模樣，表情、舉止，連聲音都能準確無誤。

可是時間久了萬物都會變，也未必會往好的方向改變。就像蝶蛹羽化後不一定

會蛻變成美麗蝴蝶，成長過程也不見得都是好事。

言行舉止特殊到無法預測的那個人，或許已經從這個世上消失了吧。就算透這個人還活著，可能也會變成隨處可見的平凡青年。

說不定早就忘了我是誰。

那我跟現在的透見面還有意義嗎？

在熱鬧的同學會上，我又緩緩眨了下眼睛。

我唯一渴望的事物似乎消失了。

拒絕續攤的邀請後，我在下雪的城鎮裡獨自漫步。

我失去了和透見面的目的。

漫無目的的時間非常難熬。

我在雪上踏出沙沙聲。

彷彿在灼燒後腦勺的不快感始終揮之不去，這種感覺是挫折嗎，還是失戀呢？

我在APP收集了眾人的殺意。儘管形式不同，但對某人懷抱殺意的人都對生存無比執著，因為想活下去才會產生殺意。

可是對我而言，世上再也沒有值得讓我懷抱殺意的東西了。

徒勞感讓我的腳步萬分沉重。

這時我忽然聽見巨大撞擊聲，是從巷子裡傳來的。旁人雖然一度駐足，卻又若無其事地邁開步伐。

我心想：會不會是車禍？

我當然沒有義務衝過去幫忙，陌生人發生什麼事都與我無關。

但透的身影忽然掠過我的腦海。如果記憶中的透此刻在我身邊，他會怎麼做？連我都下不了手的透，一定連別人的性命都會珍惜吧。因為他很膽小，會用敏銳又親切的態度看待生命。

所以我衝了過去。

這一定也是為了排遣寂寞，基於無奈的一時興起吧，往後不會再有第二次。

一臺車在杳無人煙的巷子裡撞上圍牆。

只有兩個人倒在地上，除此之外沒有別人。我用手機叫救護車後往倒地的人走去。

一個是陌生的高齡男子，另一個看上去跟我年齡相仿。同齡那位壓著腹部，好像受了重傷，鮮血現在也從傷口不斷往外蔓延。他似乎想求救，手機卻掉在另一隻手附近。

「你還好嗎？」

我用手帕從傷口上方緊壓並開口問道，那人便微微睜開眼。

倒映在他眼裡的我，露出泫然欲泣的神情。
經過十年以上的歲月，還是看得出過去的影子。
「啊啊，天啊，我看見陽毬了。」
他用夢囈般的嘶啞嗓音低語道。
所以我說：
「真的是我啊，透。」
「那就更厲害了，是夢嗎，好像跑馬燈。」
長大成人的透微微瞪大雙眼，不知是因為驚訝還是傷口太痛。
透還是跟以前一樣特別。
我還沒失去最想要的東西。
可是他傷得好重，有可能會死。
既然透馬上就要死了，不如死在我手裡，這樣應該比單純死亡好得多。
我一直都這麼想，卻遲遲下不了手，也無法拋棄他可能會得救的希望。
警笛聲越來越近。
真希望是我叫的救護車。
「你還不能死喔。」
我還有好多話想說，也有好多問題想問。

我還想跟透一起活下去，直到這些話和問題都說完為止。
在那一天來臨前，我不會殺了他。
聽了我的聲音，透輕輕點點頭。

# 在透明人消失之前

rule　enter　delete

NEMURENAI YORU HA
HITSUJI WO SAGASHITE

「我很遺憾。」

以前人事部門經常對我說這句話，但我是第一次被醫生這麼說。

看來我沒剩幾年可活了。

最近這幾天老是不舒服，終於下定決心來醫院就診，卻是這個下場。身體狀況不但沒有變好，連心情都糟透了。

從醫院回家的路上，茫然的我在城鎮裡四處徘徊。

再怎麼說也太過分了吧，無可宣洩的不滿情緒在心底逐漸積累。

這話並非自誇，但我過去行得正坐得端。就算不到行善積德的地步，但我可以保證，我從來沒做過會受到這種懲罰的壞事。

太沒道理了。

為什麼我得受這種苦？還有更多人才該受病痛折磨到死吧。

但為什麼只有我？

這個沒天理的事實讓我怒火難收，所以不想直接回家。

說到底，回去了既沒人等我，也沒有事情可做，每天過著只在職場和公寓往返的平凡生活。

仔細想想，我一無所有。

我原本就不擅長與人相處，所以學生時期一直沒有朋友。雖然跟鄰居碰見會打

招呼，但幾乎也是零交流，也沒有需要浪費寶貴假日的那種值得一提的興趣。我本來月薪就很低，又沒存款，父母也是幾年前就往生了。

本來就一無所有了，還要失去健康的身體和平凡的未來。過於空虛的事實，讓我完全笑不出來。

此時颳起冷風，甚至還下起雨，而且雨勢猛烈增強，彷彿在對如此悲慘的我二次打擊。

為了躲避寒風和大雨，我決定暫時躲進室內避難，正好眼前有個大型購物中心，我便往那裡走去。

假日的購物中心熱鬧極了，甚至讓我後悔走進這裡。

這裡是給家人、情侶和朋友同樂的耀眼空間，物理層面上也比正在下雨的室外明亮溫暖。

只有我一個人被雨淋成可悲的落湯雞。

我心生羨慕，同時也感到疑惑。

真奇怪，怎麼會有那麼多幸福的人？

當中應該也有會隨便說謊，搶走他人功績，或是欺騙別人獲得成功的人。

不做這種狡猾的行為，就不可能得到富裕的生活，我有證據。畢竟認真過日子的我都變成這副德行了，肯定沒錯。

比我幸福的所有人都是壞人。
用不正當的手段獲得成功的骯髒傢伙。
將他人推入不幸深淵，藉此獲得財產和幸福的惡劣混蛋。
好人永遠吃虧，只有壞人能笑到最後，大家真的能接受這種事嗎？
帶著陰鬱心情走在明亮的世界裡，腦海中就不斷閃過不好的念頭。
我馬上就要死了。
被病痛折磨至死。
抱著水桶吐得慘兮兮，呼吸困難、滿身大汗，用可悲的模樣死去。
而且不會有人悲憫我，唯獨這個未來已經定案。
那我該做些什麼？
只是把死亡地點從寒酸公寓改成監獄而已，沒什麼大不了的。
說穿了，法律或刑罰這種東西，也是以日後還要在這世上活下去為前提才訂立的。
自己或心愛的人明天還會活在這世上，才會想要遵紀守法。
看重自己的性命，才會想珍惜別人的性命。
但孑然一身的我就無所謂了。
因為一無所有，就可以無視規矩搶走別人的東西，讓自己從始終被掠奪的立場

變成搶奪的那一方。不只是物品，現在我什麼都能搶。

比如某人的光明未來或幸福時光這種無可取代的事物。

這麼說來，我在過往人生中從沒幹過大事。

不管是值得被表彰的善行，還是要進警察局的惡行，統統都沒有。

不善也不惡。

存不存在都無關緊要。

我就像透明人。再這樣下去，我真的會化作透明消失不見。

既然如此，不如在最後一刻鬧一波大的吧？

不論最後看到的景色多麼汙穢荒誕，都比直接死掉好多了。

購物中心裡什麼都有。

利刃、可燃性氣體、混合就會出問題的清潔劑，全都可以在這裡買到。在這麼完美的空間中，所有犯罪應該都能如我所願。

我終將一死。

維持透明的姿態，在無人知曉的狀態下死去。

與其用「死亡」這個說法，「消失」似乎更加貼切。

我才不要就這樣消失呢。

這是沒有未來的我唯一能做的抵抗。

要死就自己去死啊——把說這些話也無動於衷的幸福之人也捲進來吧。

這個世界、社會和環境，都強迫我接受不合理的待遇。

那這次換我把這種不合理散播給所有人。活該，去死吧，最好每個人都變得跟我一樣。

拿定主意後，我的心情好得不得了。

充滿力量的我大步往前進。

但這邊真的是前方嗎？

雖然不太清楚，我還是繼續往前。

或許暫時停一會比較好，但總覺得我一停下來就會消失，讓我害怕極了，所以我絕對不能停下腳步。

眼前的雜貨店有賣動物臉孔造型面具這種派對用品。在一整排馬或猴子的蠢笨造型中，我買了羊的面具。

就算遮住臉，被捕之後下場都一樣。但戴上面具會讓我心情明朗一點，恐懼也會消退。

我在店裡就立刻把剛買的面具戴上，有種橡膠製品特有的臭味。

聖經中是不是會把人類比喻為羊？比如「迷途的羔羊」。

要我學著比喻的話，我會說人類是以為自己是黑毛皮的一群白羊。認為自己才

是特別又孤獨的羊，和其他人不一樣。

平庸的煩惱，常見的孤獨感，到處都有的不幸遭遇。

把這些事拿出來說嘴，相信自己是特別的存在。

所以才能無動於衷地踐踏別人。

殺了羊的兇手並不是狼，是顏色相同的羊。真是可笑。

或許是假日的歡騰氣氛使然，即使我戴著面具走在路上，也沒什麼人懷疑我。可能是因為萬聖節快到了吧，這樣正好。

再來是武器。

要用利刃、鈍器還是火燒呢？現在我只想在我消失之前，盡可能把多一點人牽扯進來。

我像是要逃離死亡般快步往前走，視線一角卻忽然捕捉到令人好奇的景象。放在樓層角落的滅火器。

有個小孩子蹲在旁邊。

他用手臂遮住雙眼，但一眼就能看出他在哭，可能迷路了吧。這也難怪，畢竟這裡這麼大。

但來往人潮並沒有停下來。

連我都注意到他了，其他人不可能沒發現。

可是沒人上前搭話，所有人都自然而然別開目光離開現場。

就像這個迷路的小孩不存在於自己幸福的日子裡，我甚至覺得這孩子越變越透明。

我驚愕不已，忍不住停下腳步。

這就是幸福的人會做的事嗎？這就是和平的日常景象嗎？

那也太離譜了。

我能理解這麼做有風險，要是被誤認成誘拐犯或可疑人物就糟了，幸福的休假日也會立刻化為泡影。

但繼續放著不管，可能會出現真正心懷不軌的人。

迷路的孩子可能會面臨更悲慘的下場。

他們居然忽視了這種可能性？

幸福的人不是也該希望他人幸福嗎？應該分點心思為完全不認識的陌生人祈求幸福吧。

幸福不就是這麼一回事嗎？雖然我從來沒擁有過，但應該是這樣沒錯啊。

幸好我身上什麼都沒有，只有剛買的羊面具。

就算被帶去警局做筆錄或遭到逮捕，也不會有任何損失。工作可能會被解僱，但反正我很快就要死了，這也不成問題。

所以人生第一次跟陌生孩子搭話，也不是什麼難事。

「你迷路了嗎？」

我隔著羊面具開口問道，孩子就抬起頭來，他果然在哭。

低頭盯著他看可能會嚇到他，所以我蹲下來與他視線同高。

「叔叔也迷路了，一個人有點害怕，要不要跟我一起去走失兒童服務處？」

真沒想到我能順利說出這種話，連我自己都不知道真心程度有幾分。

聽我這麼說，少年點點頭自己站了起來。光是這樣就很了不起，我根本沒辦法自己站起來了。話雖如此，也不會有人扶我起身。

少年默默地將手伸給我。

難道這就是牽手的手勢？我只能無奈地抓住少年汗濕的手。他的手好像陽光，被雨淋濕的寒冷頓時消退不少。

安安靜靜地走也有些尷尬，我決定先收集尋找少年監護人的必要情報。

「你叫什麼名字？」

「透。」

「好帥的名字喔，幾歲了？」

「四歲。」

「真厲害，叔叔四歲的時候根本不像你這麼口齒清晰。」

可能是因為心無恐懼，我多嘴到連自己都嫌煩的地步，抑或是想用話語來掩蓋恐懼。

只要找人說話，就能感覺到自己確實存在，這樣就不是透明人了。我也是，這孩子也是。

如果是沒人在乎的走失兒童，對我來說正合適。

要虐殺這個孩子，把他推下高處，還是綁架後勒索贖金？腦海中閃過無數種犯罪的可能。

但最後也只是想想而已。我在過往人生中從沒犯過滔天大罪，事到如今也做不出這種事。

我就是這一點沒用。

但我也無能為力。還是一如往常在沒有特殊善行惡行的狀態下消失吧，我已經放棄了。

至少把這孩子送到走失兒童服務處，這點程度的小事我應該還做得到。

「叔叔，你為什麼是羊？」

總不能跟他說我之後要去犯罪，所以我隨口敷衍道：

「羊是孤獨的生物，如果迷失方向，人類就會變成羊。」

「可是羊是群居動物吧？」

「孤獨或迷途的人都是在群體當中誕生的。就算身邊有人，也不一定是你的夥伴。」

可能是這個故事編得太悲慘了，少年頓時心生忐忑，變得淚眼汪汪。

「我也會變成羊嗎？」

於是我急忙補充：

「別擔心，一定還來得及。」

我們直奔走失兒童服務處。

途中我會盡量跟少年聊些開心的事。

比如他愛吃的食物，跟他一起來的父母親，喜歡什麼遊戲等等。

越聽越覺得少年看起來閃閃發光。

我也經歷過這種時期嗎？已經想不起來了。

約莫五分鐘的短暫旅程結束後，我將少年交給走失兒童服務處的工作人員。雖然我戴著羊面具，對方卻完全沒有起疑，甚至還向我道謝。

「叔叔，你要走了嗎？沒有人會來接你嗎？」

已經完全卸下心防的少年，臨別前神情不安地這麼問我。

對喔，我說自己也迷路了才會過來這裡。

永遠都不會有人來接我了，所以之後我只能孤獨地走下去。

但這孩子不一樣，我希望他不一樣。

「叔叔是大人了，所以沒關係。以後別再迷路囉，好好保重身體。」

留下「再見」這句道別後，我轉身離開走失兒童服務處。

雖然只知道他的名字，但希望那孩子能幸福快樂。不只是他，也希望我不認識的某人能幸福得無以復加。

如果這個善念不斷循環，未來世上每個人都會祝福陌生人幸福快樂的話，那就太好了。

因為這樣一來，也會有某人為我這種透明人祈求幸福快樂。但我應該活不到那時候了吧。

身體也已經暖起來了。

來到室外後，我繼續戴著羊面具，再次踏上冰冷孤獨的道路。

身邊雖然有很多人，但根本沒人理我，這也無所謂。

雨勢依舊很大，但我再也不冷了。

之後我活得比想像中稍久一點，像消失一樣死去了。

# 後記

rule | enter | delete

NEMURENAI YORU HA
HITSUJI WO SAGASHITE

我經常在失眠的夜裡思考「美好結局是否必要」。

多數人會希望故事有美好結局，是因為富含感情，會把他人幸福當成自己的事一樣喜悅。因為會把他人的不幸當成自己經歷過一樣悲傷，所以不喜歡悲慘結局。

但美好結局需要一個悲慘的故事作鋪陳。

幸福的人從頭到尾都過著幸福日子的故事，就不用特地稱之為美好結局了。身處困境或苦難的人獲得福報的故事，才該叫做美好結局。

得不到福報的人的意念，兜兜轉轉後就會成為某人的助力。要繼承某人的悲慘結局，美好結局才得以完成。

就算一個故事以悲劇收尾，只要有人繼續把故事寫下去，一定會連結到某處的美好結局。

過去到未來的所有故事都是用這種方式互相連結，感覺跟生命和歷史有異曲同工之妙。

經過幾個晚上的設想，我寫下了這個故事。

描述懷抱殺意的人們難以成眠的夜晚，當中也有稱不上幸福結局的故事。

即使這些悲慘結局跟現實只有一線之隔，如果能在見證過這些男男女女的思想、遲疑和選擇過程的人心中留下什麼，那就不是單純的悲慘結局了。如今我是這麼想的。

如果這個故事能連結到讀者們的美好結局，那是我無上的喜悅。

這次本書也是在許多人的助力下才得以出版，真的非常感謝。我也要向購買本書的讀者們再次獻上最大的感激。

衷心期盼您能一夜好眠。

二〇二三年二月　遠野海人

國家圖書館出版品預行編目資料

在不眠的夜晚尋找羊/遠野海人作; 林孟潔 譯. -- 初版. -- 臺北市：皇冠文化出版有限公司, 2023. 10
256面；21×14.8公分. --（皇冠叢書；第5120種）
(mild；51)
譯自：眠れない夜は羊を探して

ISBN 978-957-33-4067-6（平裝）

861.57　　112013019

皇冠叢書第5120種
mild 51

# 在不眠的夜晚尋找羊

眠れない夜は羊を探して



作　　者—遠野海人
譯　　者—林孟潔
發 行 人—平　雲
出版發行—皇冠文化出版有限公司
台北市敦化北路120巷50號
電話◎02-27168888
郵撥帳號◎15261516號
皇冠出版社(香港)有限公司
香港銅鑼灣道180號百樂商業中心
19字樓1903室
電話◎2529-1778　傳真◎2527-0904
總 編 輯—許婷婷
責任編輯—陳又瑄
美術設計—單　宇
行銷企劃—蕭采芹
著作完成日期—2022年
初版一刷日期—2023年10月

法律顧問—王惠光律師

讀者服務傳真專線◎02-27150507
電腦編號◎562051
ISBN◎978-957-33-4067-6
Printed in Taiwan
本書定價◎新台幣320元/港幣107元